集英社オレンジ文庫

映画ノベライズ

覚悟はいいかそこの女子。

藍川竜樹
原作／椎葉ナナ
脚本／李正姫

本書は、映画「覚悟はいいかそこの女子。」の脚本（李正姫）に基づき、書き下ろされています。

Contents

映画ノベライズ
覚悟はいいか
そこの女子。

プロローグ

愛され男子

ほら、昔から、少女漫画とかでもあるだろう?

特に何もしなくても、周りの女子の大半が好きになるっていう、常に女子に囲まれてる、いわゆる愛され男子――。


「きゃああ、斗和《とわ》くん、おはよう!」

「今日もカッコいい――!」

桜吹雪が舞う校門前。歩く道の両脇には、女子がずらりと並んでいる。

登校してきた俺は、いつもどおり〈斗和待ち〉をしている彼女たちに、にっこり笑って手をふった。

「おはよう」

「キャ――!」

とたんに巻き起こる、ハートマーク付きの悲鳴とシャッター音の嵐。

スマホを手に〈花道〉を作っていた女子たちが、「いや〜ん、素敵」「見るだけで癒《いや》される〜」と身をよじる。他の男子が完全に気圧《けお》されているが、これが俺の日常、毎朝の風景だ。何せここにいる女子は皆、俺が好き。愛しちゃってるからしょうがない。

そう、俺はいわゆる、何もしなくても女子に騒がれる男子。

容姿端麗《たんれい》、モデル並みの手足の長さ、そして清潔感あふれるこの笑顔。すべての女子から愛される男、それがこの俺、古谷《ふるや》斗和。

俺が愛され男子なのは、どうやら生まれた時からだったみたいで。

産院では、母に抱かれて顔見せするたびに、「カワイすぎる！」「天使！」と、ナースやママたちにもてはやされ。

幼稚園のお遊戯《ゆうぎ》会では、王子の扮装《ふんそう》をした俺の周りに、役そっちのけで女子が集《つど》って劇が進行せず。他の男子が押しのけられて泣いていた。

小学校ではすでに〈親衛隊〉が、がっちり俺の周囲を固めていて、交通安全の旗をふる母親たちや律《りつ》、惟智也《いちや》、龍生《りゅうせい》がつくる花道を、俺は大海を割るモーゼのごとく通学していた。

そして、それは高校になっても変わらない。

「斗和くんっ、受け取ってっ」

「私もっ」

花道から飛び出した女子が二人、可愛《かわい》いラッピングを手に駆けてくる。

「ありがとう」

きらきら笑顔で手作り弁当とクッキーを受け取れば、二人とも、きゃああ、と悲鳴を上げて失神する。私も、私も、と他の女子も押しかけて、受け取りきれないプレゼントは、俺の幼馴染《おさななじ》み、眼鏡の律、軟派な惟智也、小柄な龍生の三人がすかさずキャッチする。

ついでに律たちがコンサートの警備員よろしく、俺の周囲をブロックしてくれたりなんかすると、それを見た女子が「やーん、アイドルみたい！」とさらに熱く騒ぐ。

何をしても女子に受けてしまう。

騒がれる。

揺らぐことのない順風満帆《まんぱん》なスクールライフ。

(怖いくらいに、愛されてる)

それがこの俺、古谷斗和。

小学校の時も、中学の時も。そして高校に入ってからも、愛され男子の本領発揮。

1　観賞用男子、彼女作ります

「愛されちゃってんなぁ、俺。皆、なんか、ごめんな」

夕方のファミレス。高校生活もあっという間に二年がたって。三学期が始まった記念のクラス親睦《しんぼく》会が開かれた席で、俺は相変わらず女子に囲まれていた。

「斗和《とわ》くんの隣、ゲット。わ、まつげ、長っ」

「顎《あご》のライン、眩《まぶ》しすぎるんですけど」

「ほんと、斗和くんって罪～」

きゃいきゃい騒ぐ女子たちに、ふっと余裕の表情で笑ってみせる。

「悪い（罪すぎてごめん）」

とたんに起こる黄色い悲鳴。あぶれた男子が、「くそ～！　なんでアイツばっか……」って、ぶちぶち言ってるけどしょうがないじゃん？　格差社会だし？

「てか、ちょっとはこっちに回せっつーの」

ドリンク補充に立ち上がった俺を、律《りつ》が羽交《はが》い絞《じ》めにしてくる。

「これじゃ、クラス親睦会じゃなくて、斗和を囲む会だろ！」

「誰か、突然、斗和《こいつ》がブサイクになる呪いとか、かけらんねーのかよ」

「「「それな！」」」

ハモった男子どもが俺の髪をくしゃくしゃにかきまぜて、女子がすかさず、「や〜ん、じゃれててもカッコいい」「写真撮っていい？」とスマホを向けてくる。

常に女子に囲まれてる俺だけど、男同士でつるむのだって嫌いじゃない。

男仲間から嫌われるモテ男子って話、聞いたりもするけど、俺はそうじゃない。

というか、きゃいきゃい騒ぐ女子はどっちかっていうと、ちょっと遠巻きに俺を愛《め》でてるって感じで。取り巻きっていうの？　ある程度、俺が写真撮らせたり相手したら満足して、「またねー」と去っていく。一緒にカラオケとかも行くけど、あんまり友達《ダチ》って感じじゃない。

だから俺が一緒に遊んだりバカやったりする相手は、やっぱりこいつら、幼稚園時代からの幼馴染《おさなな》《じ》み男子どもだ。

てことで一通り女子へのサービスを終えた俺が、男同士でつるんでると、もう一人の古馴染み、広司《こうじ》がにやにやしながら肩を組んできた。

「なああ、聞いてくれよ」

やけに嬉《うれ》しそうだ。自慢したくてたまらない。そんな感じに、唇の端がぴくぴくしてる。

「俺、さ。実は彼女ができちゃった」

「「「カノジョ!?」」」

俺らは見事にハモった。

何だ、その聞きなれない単語は。

皆して信じられんと声を上げると、広司がスマホを自慢げに掲げてみせた。

小さな長方形の画面、そこに写っているのは制服を着た人物の上半身だった。膝《ひざ》に両手をついているのか、きゅっと胸を強調したポーズで小悪魔っぽくこちらを見上げているその顔は。


まごうことなき、女、だ。

パッチリしたアイライン。外れたボタンの間からのぞく鎖骨《さこつ》や、腕で押されて盛り上がった胸のあたりがかなり肉感的で。

「「「エ、エロっ……」」」

「だろー！」

「おいおい、なんだよ、広司」

「お前、いつの間に……」

律たちが茫然《ぼうぜん》としている。先を越されたのがショックすぎたか、しばらく動きそうにない。

しょうがないから、余裕ある俺が代表して広司を祝ってやる。

「なんだよ、広司～。お前も結構モテんじゃん。律も惟智也《いちや》も龍生《りゅうせい》も頑張んねーとだな☆」

ひゃひゃひゃひゃと祝福半分、冷やかすと、律がしらっとした目を向けてきた。

「おい、何、ちゃっかりリア充組に交ざっちゃってんだよ、斗和」

「だって、俺、リア充中のリア充だしー」

ふっと決め顔をすると、広司が冷静に突っ込んできた。

「でも、お前、彼女、いたことねえじゃん」

「……え？」

「生まれてこの方、ずっといないだろ」

「は？　だって、それは俺が皆に愛されちゃってるからなわけで」

こいつ何言ってんだ？　だって俺、モテモテじゃん。見りゃわかるだろう？

しどろもどろ言いすがると、ちっ、ちっ、ちっ、と指を左右に振られた。

「違うな。お前はアレだ。観賞用男子」

「観賞用、男子……!?」


注・観賞用男子とは。

　女子が皆、眺めているだけで満足してしまう男子のこと。いくら女子にちやほやされようとも本命でなければ非リア充と変わらない。


さっきまで仲間と信じていた広司までもが、俺に一線引いた眼を向ける。

「だなー、いくらちやほやされたって、律たちと変わんねーじゃん」

「お前のことだから、どうせ周りにいっつも女子がいるからってさー」

「カノジョくらいそのうち自然にできるだろうって、何もしなかったんだろ」

「………」

図星だ。俺はショックのあまり茫然と立ち尽くした。

というか、そんなこと、考えたこともなかった。

物心がついてから今までの恋愛歴を思い起こしてみれば、確かに。周囲には常に女子がいたが、特定の誰かというものはいたことがない。

(俺が?)

街を通り過ぎれば軒並《のきな》み女たちが振り返るこの俺が?

(俺が……?)

いつでもどこでも進めば自然に女子の花道ができるこの俺が?

(俺が観賞用男子………!?)

ランウェイのモデル並みに、歩くだけで魅力にやられる女子が量産される俺が?

そんな馬鹿《ばか》な!

「俺は絶対に、観賞用男子なんかじゃない——————!」


「宣誓! 古谷《ふるや》斗和、彼女つくります!」

翌日の放課後。

学校の中庭で宣言した俺に、律、惟智也、龍生がしらっとした目を向けてきた。

「あ、そ。ガンバって」

「おーい、律、龍生、購買部行くぞー」

「こらこらこら、おい、待てって！」

さっさと立ち去ろうとする三人を、あわてて引きとめる。

「お前ら、その、『こいつ、また変なこと言い出したよ』的な残念オーラやめろよ！」

「つーか。斗和、お前、相手は？」

「へ？」

「カノジョつくるったって、斗和、好きな女《ヤツ》、いないだろ」

……？

………⁇

「……あ、あああ——っ！」

俺はその瞬間、初めて気がついた。そうだ、俺はモテモテすぎて、特定の女子をじっくりと見たことすらなかったんだった。

そこにすら気づかんとはお前は天然か。と、突っ込んでくる惟智也には、てへ、と笑顔で返して、こうなったらまずは彼女選びだ。

「お前ら、手伝え。女子をチェックするぞ！」

俺はしぶる律、惟智也、龍生をひきずって、広範囲を見渡せるグラウンド脇へ直行する。

昇降口から校門への通り道になってるここなら、下校中の女子や部活中の女子たちまでもが一望のもと。すべてを見通すことができる。

いるいる。

こちらに向かって建つ校舎、その大きく開かれた窓の向こうには清楚《せいそ》な文化部女子たち。そしてグラウンドには健康美にあふれた運動部女子たちが。それに下校中の女子たちもキャッキャとはしゃぎながら傍《かたわ》らを通り過ぎていく。完璧だ。

俄然《がぜん》、律たちも乗り気になる。

さっそく龍生が、惟智也と一緒に、一人の女子に注目した。

「お、あれ、いいんじゃね？　チアリーダー！」

「どれどれ？　うわっ、足長っ、斗和、斗和、あの子は？　スポーツ系女子！」

「却下《きやつか》」

「じゃあ、あれは？」

惟智也の指さす方向には、友達と笑いながら校門を目指すお洒落《しやれ》女子。

「あれならどうだ、なんとかって雑誌の読モだろ、あれにしろ、斗和」

「却下」

「よし！　じゃあ、あっちはどうだ！」

律がさす方向にいるのは中庭でフルートを奏でる優雅な女子。

「去年の準ミス汐美《しおみ》高だぜ？」

「キレイなお姉さん系か。イイねぇ」

「まだまだ」

「「おい、斗和」」

また却下すると、律たちがどすのきいた声を出してきた。

「さっきから聞いてりゃ、何様のつもりだよ」

「却下却下って選ぶ気あるの？」

「ふっ、わかってないな」

俺は非リア充どもに語って聞かせた。

「この古谷斗和さまがコクる相手だぞ？　簡単に手が届きそうな女じゃダメなんだよ。そんなことしたら他の女子ががっかりするだろ。俺にはすべての女子の夢を守る義務がある」

「……こいつ、シメていい？」

「「許す」」

「おわっ、お前ら、ヘッドロックは反則だっ」

じゃれかかられた俺が、そのままテンカウントをとられようとした時だった。急に空気が変わった。いや、違う。風が吹いた。きらきらと輝く、透明な風が。

ふわりと、長い髪がなびく。

見事にカールした睫毛《まつげ》に大きな瞳。モデル並みの小さな顔に、クールに引き結ばれた唇。

華奢《きゃしゃ》な体はピンとまっすぐで、スカートからのぞくすらりとした足が眩《まぶ》しい。

きらきらと眩《まばゆ》い青春の光をまき散らしながら通り過ぎていく女子。颯爽《さっそう》とした足取りが、自立してる大人な女って感じでカッコいい。

あまりの凜々《りり》しさ、美しさに、俺の眼は釘付けになった。

「……」

吸いよせられるように眼で追っていると、律たちが俺の様子に気がついた。

俺の目線の先を追って、そして、

「「え？　三輪美苑《みわみその》!?」」

悲鳴のような声で、美少女の名を叫ぶ。

そう、俺が見つめる女子は同じクラスの三輪美苑。

今まで特に注目してなかったけど、なかなかいい。カノジョにぴったりかも。

俺が否定せずにいると、彼女の美しい余韻《よいん》を吹き飛ばす勢いで三人がつめよってくる。

「斗和、お前、本気か？」

「『神に選ばれし美少女』、『横須賀《よこすか》の奇跡』、そして『十七年に一人の逸材《いつざい》』と、ありとあらゆる称賛をほしいままにしている、あの美しすぎる女子高生の三輪美苑だぞ!?」

必死の形相だ。だけど十七年？　律が出す、その具体的な数字はいったい何が根拠だ。いつものネット検索か？

俺がセリフの主旨とは関係ないところで突っ込んでいると、律がもどかしげに、じだんだをふんだ。

「とにかく難攻不落なんだよ、三輪美苑は！」

「今まで何人の男たちがコクって、撃沈したと思ってんの？」

「こないだなんか、三年のイケメンが、『コトワル』の四文字で秒速でフラれたんだからな」

「つけ入る隙《すき》がまったくないっていうかさ」

「そうそう。俺なんか同じクラスなのに、三輪としゃべったことすらねーもん」

ふっ。

非リア充どもの泣き言に、俺はつい笑ってしまう。

「あのさ、俺を誰だと思ってんの？」

「あっ」

やっと俺が愛され男子であることを思い出したのだろう、三人が夢から覚めたように顔を見合わせた。その瞳が希望で輝きだす。

「……そうか。斗和だったらイケるかも」

「うん！　イケるよ、イケる！」

「で、でも大丈夫かぁ？　今朝、斗和が乗ってきたバスのナンバー、『４４４４』だったぞ。完璧、死亡フラグ立ってるし」

「でたよ、龍生のネガティブ発言！」

「だ・か・ら！　この古谷斗和様に落ちない女がいるわけないっしょ」

一喝《いっかつ》して、俺はまたネガティブ方向にいきそうになった龍生の意識をもとにもどしてやる。しっかりしろ、龍生。正気に戻るんだ！

「……だな！　そんな女、いるわけないいない！」

「ないない！」

わかったならそれでいい。

「よし、行ってくる」

勝利のＶサインを律たちに向けると、俺は堂々と美苑に近づいた。女子の偶像《アイドル》たる俺の隣に立つべきは、やはり皆の偶像《ヒロイン》たる女子。

誰よりも可愛《かわい》い彼女をゲットしてやる。

（覚悟はいいか、そこの女子？）

余裕の笑みを浮かべて、彼女の前に立つ。俺に気づいた彼女が、怪訝《けげん》そうに顔を上げた。

「古谷……何か用？」

「俺、前から美苑のこと、気になってて……」

心の距離を詰めるべく、いきなり下の名前で呼んで、それから俺はおもむろに、
ドン、と。

彼女を壁に追い込んだ。

これぞ壁ドン、女子の夢。今まで何度ねだられて、このポーズで写真を撮ってきたことか。

俺は余裕の態度で、彼女の華奢な体を片腕で封じ込める。そして思い切りカッコいい決め顔をつくってささやいた。

「俺の彼女になってくんない？」

「!!」

彼女が驚いたように眼を見開く。艶《つや》めいた唇がわななきながら開いて。

ふっ。決まった。

もうときめいちゃった？　まあ、無理もないけど。

俺は自信満々だ。なんたってこの顔にこのシチュエーションで言い寄られて、彼女にならない選択肢《し》なんて、女子には、な、い……、が。その時。

ドン！


一瞬、何が起こったのかわからなかった。

気がつくと、俺は突き飛ばされ、反対側の壁に追いつめられて。あろうことか、彼女の両腕に閉じ込められていた。逆光になった彼女の暗い顔の中で、美しい双眸《そうぼう》だけがゆるぎない光をはなってこちらを見ている。

え？　えっと……？

ちょっと待て、これは現実か？　リアル出来事か……⁇

（この俺がなんで逆ドンされてんだよ————っ‼）

わけがわからん。俺におおいかぶさるようになっている女子に、必死に問いかける。

「な、何、す（んだよ）っ」

「……安っぽい告白」

「へ？」

冷ややかな彼女の眼が、ずるずると崩れ落ちる俺を見おろしていた。

いや、冷たいというより温度がない。

まるで地を這《は》う、汚《けが》らわしい虫けらでも見るような眼だ。

何、これ。俺、女子にこんな眼で見られたことないんですけど。

つーか、まさか、これ。

もしかして、俺、フラれるフラグじゃね？

ありえない事態に言葉すら出ない俺の視界で、ふわさっと彼女の長い髪が肩を流れ落ちていくのがスローモーションで見えた。


覚悟はいいか、そこの女子！

そんな空《むな》しいテロップが、俺の頭上でひらひらと風に舞っていた。

2

もしかして、俺ってカッコ悪い？

「おーい、斗和《とわ》。いつまでうじうじしてんだ」

公園のベンチでどんよりうつぶせになっていた俺に、惟智也《いちや》が言った。

律《りつ》と龍生《りゅうせい》も心配そうにこっちを見ている。が、悪い、まだ立ち直れない。起こった出来事が信じられない。

俺は硬い木のベンチに顔をうめたまま、魂《たましい》の抜けた声を出した。

「……なんで？」

我ながら情けない声だ。これが本当に俺の声か？

ああ、あの汚物を見るような眼。

あんな眼、隣家の赤ちゃん女子にだって、お向かいのおばあちゃん女子にだってされたことないのにっ。

「なんでだ。愛され男子のこの俺が……。何が悪かったのかわからない……」

つぶやく俺に、律と龍生がしみじみと現実を突きつけてくる。

「まさか斗和がフラれるなんてなあ」

「だから言ったじゃん、死亡フラグ立ってたって……イテッ」

容赦《ようしゃ》なく傷を抉《えぐ》ってくる龍生を、惟智也が、ぺしっとはたいて黙らせてくれた。

「ほら、斗和、もういいじゃん、次行こうぜ、次！」

「……」

「なあ、二組の西脇由真《にしわきゆま》とか、新体操部の相原莉子《あいはらりこ》、知ってるだろ。あのあたりとつながる女子、次に狙わねえ？」

「……なんだ、それ」

マジわかんなくて聞きなおすと、律が、「あーっ、抜け駆けかーっ」と叫んだ。

「惟智也、お前、斗和から女子、紹介してもらうつもりだな!?　西脇由真とか、相原莉子って、モロお前の好みじゃん!?」

「ああそうだよ、悪いかっ。俺も切羽詰まってんだよっ」

律に言い切った惟智也が、開き直って俺たちの肩に順に抱きついた。円陣を組ませる。

さらに顔を近づけさせられた俺たちに、惟智也が悪戯《いたずら》っ子の笑みを見せた。

「なあ、斗和、俺たち今の状態を脱するために、『DDD』、結成しようぜ」

「「「ＤＤＤ⁉」」」

なんだそりゃ。

首をかしげた俺たちに、惟智也がさらに低くささやく。

「俺たちこのままじゃじり貧だろ？　だから明るい未来のために、脱○○同盟を結成するんだよ！」

「「「いや、だから聞こえねえって。何同盟だって？」」」

「だ・か・ら、」

来い来い、と俺たちの顔をさらに近くに招いた惟智也が、ぼそっとささやいた。


「童貞」


「「「……」」」

今度は聞こえた。聞き取れた。だが。

「おい、なんだそれっ」

こんな真っ昼間の公園でなんつーことを言うんだ、惟智也は。

俺たちはあわてて円陣をといた。俺と龍生がどんな顔をしたらいいのかわからなくて眼をそらせる横で、いつもは一番シャイな律が、真面目顔で顎《あご》に手をあてている。

「なるほど、それでＤＤＤか……」

頭文字をとって、と律はうなずいてるが、いや、感心するとこ、そこじゃない。

気まずげな俺たちに、惟智也が、だってさ、と力説してくる。

「俺たちもいつまでも子どものままじゃいられないだろ？　高校生活なんてあっという間だぜ？　ここは四人で力を合わせて大人の階段、昇らねえと！」

……言われてみればそうかもしれない。

俺たちももう高二。このまま男同士でつるんでいるのもいいけど、この状態で卒業、社会人なんてコースは悲しすぎる。

（この際、こいつらと手を組むしかないか？）

恥ずかしがってる場合じゃないか、と、俺がちょっと流されかけた心の隙《すき》をついて、すかさず惟智也が動いた。

ばっ、音を立てて手を差し出す。その手はしっかり掌《てのひら》が下を向いている。これが何を意味するかわからない俺たちじゃない。

律が小さくうなずく。そしてその上に自分の手を重ねた。

「乗った！」

「……」

龍生までもが背を向けたまま、そっと無言で手を重ねる。

積みあがった三つの手。言葉などいらない友情の証《あかし》。俺以外の三人が静かに熱い自虐《じぎゃく》と同類への憐憫《れんびん》……ではなく、切磋琢磨《せっさたくま》と共闘の意志を確かめ合う。

そしてそろって、いつまでも参加しない俺を、じーっと、見つめてくる。

「な、」

幼馴染《おさななじ》みどもの熱い誘いに、俺は思わず口ごもった。こいつら、何を考えてやがる。さすがに恥ずかしすぎるだろ。

「なんで俺がお前らとっ、顔面偏差値、違いすぎるだろうっ――――！」

俺は背筋を駆けのぼる戦慄《せんりつ》をごまかすため、大空に向かって声を張り上げた。

なにはともあれ、真っ昼間の公園で話すようなことでもない。

ＴＰＯを心得た俺たちは場所を変えて、漫画喫茶の雑談スペースで車座になっていた。

「それでは第一回ＤＤＤ会議を始めます！」

勝手に律が議長をつとめはじめる。

だが俺は彼らに背を向けて漫画を読む。悪いがこんな会議に参加している暇はない。三人がさっそく今後の俺の彼女選びの方針を話し合いだした。

「まず、新しいターゲットの選定だな」

「なんか案ある？」

「えー、えー⁉　嘘《うそ》、これ、マジ？」

さっそくネットで情報収集をしたらしき律が、スマホを見ながらさわぎはじめる。

「斗和、あのさ、次はよく食べる女の子狙ってかない？」

勢い込んで律が話しかけてきたが、俺は今、漫画に集中している。

代わりに惟智也が問いかけた。

「へ？　なんで？」

「あのな、その……、お、女の食欲は、せ、性欲とイコールなんだってさっ」

「なるほど。だからよく食べる女は落としやすいってか」

「もう、律くーん、いやらしいこと言ってんじゃねえよお」

「いてっ、やめろって、惟智《いち》。嬉《うれ》しそうに俺を叩くの。……なあ、斗和、まずはその辺のタイプ狙ってみたら？」

「……そうだよな」

俺はようやく顔を上げた。

律の恥ずかしい発言に興味をひかれたからではない。決してそうではない。

俺の唇には真理にたどり着いた者の笑み。手にはしっかり女子に人気の王道少女漫画がある。

律たちにくっついて漫画喫茶まで来た甲斐《かい》があった。おかげで答えが見つかった。

「美苑《みその》みたいなクール女子には甘えん坊キャラだよな。攻め方、間違えたわ、俺」

なんだ、理由がわかったら、ささいなことじゃないか。すっとした。

そうだよ、俺がフラれたりするわけないよ。俺は、ふー、と満足して漫画を閉じる。

「「「えー、あきらめないのーっ」」」

三人が声をそろえて、漫画を参考にするなよ、とか言ってるが無視する。

だって、このまま逃げるなんて、

「愛され男子の名が廃《すた》るだろ」

そもそも攻め方を間違えただけで、俺はまだ負けてなんかいないのだ。

見ていろよ、三輪《みわ》美苑。今度こそしっかり落としてやる。俺はリベンジに燃えた。

そして、翌朝。

俺は自信満々、朝の教室前の廊下に立っていた。

今度は前みたいに行き当たりばったりのポーズじゃない。しっかり対クール女子用に開発した決めポーズをとっている。さらに頭の中ではシミュレーションを怠《おこた》らない。

そんな俺の今までにない立ち姿に、他の女子が遠巻きにきゃあきゃあ騒いでいる。どうしよう。怖いくらいに完璧だ。

いける。今度はいける。今の俺は前とは違う。

というか早く来い、三輪美苑。いつまで俺にこのポーズをとらせる。正直ちょいつらいぞ。

足がつりかけてるのを我慢していると、ようやく今日の獲物がやってきた。

すたすたとクールな歩みの三輪美苑。

って、おい、足速いな、美苑。前を通り過ぎちゃったんだけど。

「美苑、昨日はゴメンっ」

あわてて彼女の進行方向に割り込んで、話しかける。もちろん、てへ♡と可愛《かわい》く、昨日、さんざん研究した甘えん坊キャラをつくったうえでだ。

しらっとした眼が返ってくる。くっ。まさかこれでも駄目だというのか？　いや、くじけるな、俺。続けるんだっ。作戦はこれで合っているはずだっ。

「俺、なんか、すご～く緊張しちゃって……」

「……」

「自分から告白とかしたことなくってさ。何ていうか、俺、モテちゃうっていうか……、って、待てよ！」

話の途中なのに美苑はつかつかと去っていく。

無視かよ!?　そんなこと俺、生まれてからこの方、女子にされたことないんですけど？

ああ、もう、なんでこいつは想定外の行動ばかりとってくれるのか。

こいつ本当に女子か？　実は中身は宇宙人とか別の異種族が入ってるんじゃないだろな。

「おいってば！」

急いで呼び止めようと、美苑の肩に手をかけた瞬間だった。ずっと決めポーズで美苑を待ち続けていたからか、膝《ひざ》ががくんと落ちた。

バランスが崩れる。

気がつくと、俺は美苑を押し倒すようにして、床に両手をついていた。

俺の下に、美苑がいる。

今度こそ、しっかり両腕をつかった床ドンだ、なんて考える余裕もなかった。

彼女の長い髪が床についた俺の手の上を乱れ流れていて、俺の陰になった彼女の瞳だけが黒々と濡れたように光っていた。

「……」

なんだ？　俺、どきどきしてる。

こんなに距離が近くて、俺の下に美苑がいる。まっすぐこちらを見上げる瞳には、俺だけがうつっていて……。

「古谷《ふるや》……」

「は、はい……」

「私のこと、好き？」

へ？

顔色一つ変えずに言われて、俺は一瞬、リアクションが取れなかった。頭が完全にフリーズして、自分でもよくわかんない答えが口からこぼれる。

「え、えっと、……好き……だけど」

「ホントに？」

「……うん」

「彼女が欲しいだけじゃなくて？」

「……！」

俺は固まった。さっきまでのどきどきがどっかに飛んでいって、一気に頭の中が現実に帰ってきた。

どうしよう。なんでわかったんだ？　だらだらと冷や汗が出てくる。

「図星、か」

冷ややかに言った美苑の眼つきが、ぎんっと険しくなった。

「カッコ悪い男」

完っ全に汚物以下を見る眼で言うなり、美苑は俺をはねのけた。教室に入っていく。

俺は……。

あとを追えなかった。廊下に転がったまま立ち上がることもできなかった。足がつってるのもあるけど、さっき聞いた言葉が心臓を粉砕したのだ。

美苑の言葉がクワンクワンと頭の中でリフレインしている。

カッコ悪い、って何だっけ？

辞書的にどういう意味だった⁇

人生初で言われたんだけど？　それってまさか俺のコト？　俺のコトなのか――⁉

どうしたらいいんだよこれ……。今世紀最大の衝撃かもしんない。

「……あんな状況だったらさ、もっとこう、何かあるじゃん」

学校の放課後。

またまたどんよりしている俺の疑問を、律たちが黙って聞いている。

「リアクションがさあ。男に押し倒されても焦りもしない。顔色一つ変わらないってどうなんだよ……」

なんなんだよ、アイツ。わけわかんねえ。

女子なら不可抗力でもああいう状況になったら、嫌がるなり、赤くなるなり、相手を意識するもんじゃね？　なのになんで美苑はあんな冷静なんだ。

淡々と、『私のこと、好き？』とか聞いてきたり。好きってなんだよ、彼女にしたいってだけじゃダメなのかよ。

っていうか、あの状態で何であんなこと考えたり言ったりできるんだ？　普通、頭の中が真っ白になって、胸がどきどきでいっぱいになるんじゃないのか⁉

（……押し倒してる俺ですら、どきどきしたのに）

ほんと、わけわかんねえ。

（……てか、アイツってどういう奴なんだ？）

アイツが言った、『好き？』ってどういう意味？

なんで俺がカッコ悪いんだ？

わかんないよ。俺、今までそんなふうに言われたことない。考えたことない。

なんだろ。フラれた今になって、アイツのことを考えるようになってる。アイツに言われたこと気にしてる。

今まではただの〈女子〉だった。

なのに今は俺の中で、〈三輪美苑〉って子が冷たい顔してこっちを見ている。

なんで落ちなかったんだ、じゃなくて、なんであんな反応しかしなかったんだって、そっちばっか考えてる。アイツの頭の中をのぞきたいって思ってる。

頭を抱えてしまった俺に、律がため息をついてスマホで検索する。

「一度、フラれた相手に再告白して恋愛リベンジできた確率は四人に一人の二十五％」

「へえ、意外と確率高いんだ」

じゃ、勝負はこれからじゃん、と、惟智也がわざとらしくはしゃいだ声を出す。

「タイミングもシチュエーションも考えずにコクっただけだし、テクなさすぎたんだ」

「だよなあ。まずは女子を胸キュンさせねえと」

「あ、女子が好きな胸キュンシチュエーションランキングっていうのがあるぞ」

お、いいの見つけたな、律、と言う惟智也に龍生がふざける。

「へー、ちっちゃい子を高い高いしてあげる時か。惟智パパー。高い、高い〜」

「しょうがないなあ、龍ちゃんは。ほーら、高い、高い〜」

「パパもっと、もっと〜」

「あ、惟智パパもう駄目、重い……って、おい、斗和、聞いてんのかよ」

「……あのさ。頑張ってくれてるとこ悪いんだけど」

励ましてくれる律たちを見ていられなくて、俺はぽつりと言う。

「三輪美苑には、胸キュンなんてねえよ」

「「「……」」」

「アイツたぶん恋なんかしねーんだよ。恋愛とか男とか見るからに興味なさそーだもん」

「「「…………」」」

「だいたいさ、アイツがときめいてる顔なんてワンカットも想像できねえし」

それしか理由が考えられない。

それで俺にあんな眼をして、押し倒されても無反応なんだ。

だから……そんな相手に対策を考えてもしょうがない。再リベンジしても不可能、インポッシブルなんだ。自分に言い聞かせる。思い切れ、と。

「なあ、お前らもそう思うだろ?」

三人を見上げると、ぽんっと皆で俺の肩をたたいてくれた。

四人で、バス停近くの道を歩く。

俺以外は自転車通学だけど、俺につきあって三人とも自転車を押して歩いてくれる。

特に何も話さない。だけど、美苑に拒否られたことなんて何でもないよ、明日からまた頑張れるよ、そんなエールをもらった気がした。

「あ、バス来た」

「じゃあなー、斗和ー」

「また明日ー」

「おう」

三人に手をふってバスに飛び乗る。明日は美苑にも普通の顔して会える。そんな気がした。

なのに。

「うっ」

ステップをのぼって車内を見たとたん、俺は胸を押さえた。痛い。激しく痛い。

美苑が、いた。

バスの前方、運転席の近くで窓を向いて立っている。

幸いこちらには気づいていない。よかった。今の俺はまだ回復しきっていない。またあの蛆虫《うじむし》を見るような眼を向けられたら立ち直れない。

どうかこちらに気づきませんように。

そう願って、そろーっと彼女に背を向けて、最後尾に立ち位置を決める。

だが気になってしかたがない。

ちらちらと様子をうかがっていると、美苑の横に妊婦が立っているのが見えた。

しかも右腕に赤ん坊を抱えて、手すりにつかまった左腕には荷物をぶらさげている。これはかなりの重量ではないか。

龍生を抱えて真っ赤になっていた惟智也を思い出した。

声をかけようかと思った。荷物持ちます、とか。

だけど話しかけたら隣にいる美苑に確実にばれる。勇気が出ない。

すると、美苑が妊婦に気づいた。そして優先席でふんぞり返ってスマホを眺めている男を見て眉をひそめる。

あっ、と思った時にはもう遅かった。

美苑は堂々と、ガラの悪いその男に向かって言い放っていた。

「席、譲ってください」

はあ？　と男が顔を上げる。邪魔をされて不機嫌そうだ。俺ならすぐに回れ右する。なのに美苑はひるまない。

「お願いします」

ど、どうしよう。俺の背を冷たい汗が流れる。美苑、頼むから無茶するな。何かされたらどうすんだ。だが祈りも空《むな》しく、男と美苑の会話はヒートアップしていく。

「なんで俺なんだよ、他にもいるだろ」

「そこ、優先席ですから。早く立ってください！」

バスの乗客たちの責める視線が男に集中する。

ちっ、と舌打ちして男が立ち上がった。美苑が妊婦に微笑《ほほえ》んで、席をしめす。

「どうぞ」

「あ……どうもありがとう」

「いえ」

美苑は淡く微笑んで赤ん坊の頭をなでていた。いつものクール女子とは違う顔で。そして妊婦のほうも、さっきとは全然違うほっとした笑みを見せていた。

心の余裕を取り戻して赤ん坊をあやす妊婦の顔は、慈母そのもので。

だけど俺には傍《かたわ》らに立つ美苑のほうこそ、聖母みたいな後光がさして見えた……。

しばらくして、美苑がバスを降りた。

俺はその姿をぼんやりと眺めていた。同じ路線なのに、美苑がどこで降りるのかも知らなかった。そのことにやっと気がついたからだ。

今まで少しも美苑のこと見てなかったんだなと思った。

さっきガラの悪い男に立ち向かっていったことといい、赤ん坊に向けた顔といい、初めて見る美苑ばかりだった。

俺は今まで告白した相手の何を見ていたんだろう。その視線の先に何があるか、見ようともしなかった。落とすことしか考えてなかった。

俺の知らない美苑は、きっと、もっといっぱいいる。

アイツは恋なんかしない。そう結論づけたけど、もしかしたら、押し倒されて動揺する美苑や、恋をしてどきどきする美苑もいるんじゃないか？

見たい、と思った。知りたい、と思った。……今頃になって。

(俺、わりとクズかもしれない……)

初めて、そう思った。さっき美苑が注意した男をカッコ悪いなんて言えない。

はあ、とため息をつく。

と、その時だった。

男が一人、美苑のあとを追っていくのが見えた。さっき美苑が注意した男だ。追いつきざまに、男が美苑の腕をつかむ。

「……！」

見るなり、俺は走り出していた。いや、考える前に体が動いてたんだ。さっきは怖くて動かなかった体が、今は勝手に動く。扉が閉まります、というアナウンスにかぶせるように叫ぶ。

「降ります！」

路面に飛び降りるなり、俺は走る。前方にもみ合う二人が見えた。

「放してよ！」

美苑の抵抗する声が聞こえる。俺は必死で走っていくと、男にとびかかった。

「やめろよ！」

だけどやっぱりカッコ悪い。へっぴり腰のタックルを、男は余裕で避ける。俺は勢いあまって地面に転がった。顔をすりむく。ああ、俺、今まで要領よく生きてきたから、喧嘩《けんか》のやり方とか知らねえや。

よ。

「なんだ、お前」

鼻で笑われた。そうだよ。自分でも思うよ。ださいよ。胸だって怖くてどきどきしてる
(だけどっ)

俺は必死で、眼の前にあった男の足にむしゃぶりつく。

やめろよ、と叫んで、男の足を引っ張る。

「なんだよ、お前、放せ！」

足蹴《あしげ》にされた。痛かった。生まれて初めて味わった痛みだった。

だけど絶対、放さない。頭の中は真っ白だ。とにかく美苑のもとへは行かせないと、体を張って邪魔をする。他に方法を思いつかない。だからしょうがない。カッコ悪くてもいい、とにかく美苑を守るんだ！

また男が足をふり上げる。踏みつけられる、と思った時、美苑が通学バッグを男の頭に振り下ろした。ばこっと、気持ちのいい音がして、男が振り返る。

「いたっ、てめえ！」

「もしもし警察ですかっ」

すかさず美苑が距離を取ってスマホに呼びかける。さすがにまずいと思ったのだろう。

「ちっ、……くそったれ！」

男が捨て台詞《ぜりふ》をはいて去っていく。

「古谷、大丈夫!?」

「……う、うん、大丈夫」

口だけは勇ましいけど、俺が起き上がれずにいると、美苑がすっと身をかがめた。彼女の長い髪がさらりと流れて、俺の眼の前に、華奢《きゃしゃ》な肩が差し出された。

「美苑……？」

「肩。貸してあげる」

「……！」

俺は思わず眼の前にある綺麗《きれい》な顔を見た。

美苑を助けようとして、でも逆に助けられて。今の俺、世界一カッコ悪い。もうカッコ悪いことをしたくない。これ以上、クズになりたくない。そう思ってたのに、美苑の危機を見たら勝手に体が動いて、ぼろぼろにされて。

こんなとこ見られたんだから、美苑のこと何もわからないまま、美苑の他の顔も見れないまま、好きってことが何なのか知らないまま、全部終わると思ってたのに。

美苑の顔には、前みたいな冷ややかさはなかった。

（あ……）

動かない俺にいらだったのか、美苑が強引に肩を俺の腕の下に入れてきた。女の子にそんなことさせられない。俺はあわてて足に力を入れる。だけど立ち上がった拍子に俺はよろけて。支えようとした美苑がこちらを振り向いて。

眼と眼があった。

顔が近かった。まるで口づけするかのように、二人の距離はゼロに近くて。

互いに驚いて眼を見張る。

風が吹いていく。ふわりと美苑の髪が薫《かお》る。俺の頰《ほお》をなでていく。

何だろう。さっきの怖さとは違うどきどきが、俺の胸いっぱいに響いていた。

「え？　それじゃ昨日、三輪を助けようとしてボコられたってこと？」

翌朝。登校した俺は、律たちに昨日の顚末《てんまつ》を話していた。

何しろ顔が絆創膏《ばんそうこう》だらけだから、何かあったのはばればれだ。

「意外だな。傷までつくって。お前、人と争うとか無理な奴だろ。愛され男子ってか、お人よしだし」

「だな、いっつも譲ってそういうの近づかないのに。お前のキャラじゃねーじゃん」

「だよなぁ……」

一晩明けて興奮が冷めると、我ながら不思議だ。なんでだろ。俺、なんであんなことしたんだろ。いや、なんであんなことできたんだろ。

それにあのあと、肩を貸そうとしてくれた美苑と急接近してしまった時のこと。頭から離れない。美苑はどうして前みたいに俺を突き飛ばさなかったんだろう。ずっと考えてしまう。

あの時の、間近で見た美苑の唇。プルンってしてて、柔らかそうで……。

(うわ――っ、俺、何考えてんだっ)

肩を貸そうとしてくれた相手にそんなこと。

あわてて脳内の妄想《もうそう》を手で追い払っていると、美苑が登校してきた。

(美苑……!)

なんてタイミングだ。早く顔が見たいって思ってたけど、今あんな想像をしたあとだ。なんかいろいろ見透かされそうで怖い。

ってか、挙動不審すぎるだろ、俺。変に思われる。

俺はあわてて表情をとりつくろおうとした。

その時、美苑がこちらを見た。眼が合った瞬間、彼女が急にぽっと、頰を赤く染めた。

そして……、照れたようにそっと視線を外した。俺の妄想でも、見間違いでもなく。

（え!?）

なんだ、その顔は。俺は愕然《がくぜん》とした。美苑、そんな顔もできたのか。まるで恋する女子じゃないか。っていうか、それ、

（俺に反応したってことだよ、な……？）

ど、どうしよう。まさか昨日のあれがきっかけで？　美苑も、俺のコト⁇

うわあぁ、いきなり血圧が上昇した。ぱぁああっと世界が明るくなる。

なんだよもう。そういうことなら俺も早く、おはようって言わなきゃ。記念すべき朝なんだし？　またタイミングずれてカッコ悪い、とか美苑にあきれられたら大変だ。

思い切り天国気分で、でもむちゃくちゃ照れまくって、俺は急いで美苑に手をふった。

「お。おはよ、美、その……」

「皆、おはよう！」

俺のテレまくりの声は、後ろから元気に響いた男の声でかき消される。

（……）

俺が髪まで真っ白になって振り向くと、いつの間に来ていたのか。

美術教師の征木《まさき》が立っていた。

（ややっこしい登場してんじゃねーよ！）

俺は思いっきり脳内で突っ込みを入れる。だが、美苑の態度が変だ。さらに赤くなった顔をうつむけて、小さくつぶやいている。

「……ま、征木先生、おはようございます」

「おはよう！　おい、西川《にしかわ》、ちゃんと朝飯食べてきたか？　あ、山田《やまだ》、お前、寝ぐせついてんぞ。ほら、これでいい。鏡くらい見てこいよ！」

明るく周囲の生徒たちに声をかける征木を、美苑がじっと見つめている。いつもの絶対零度《れい》の眼差《まなざ》しじゃなく、どこか、ほわんとした、とろけそうな眼で。

どきんと俺の心臓が不吉な音をたてる。

貧血みたいに血の気が引いて、全身が冷たくなる。

おい、何だよ美苑、その顔。いや、まさか、まさか。

さっき俺と眼があったとたんに頬を染めて、そっと視線を外したのは、あの、最高に可愛い恋する女子の顔は、まさか、俺に対してではなく……。

おろおろしていると、征木がこちらに気がついた。ぼうっとしたままの美苑に、にかっと朝から元気すぎる笑顔を向ける。

「お、三輪、今度の油絵の題材何にするか決めたか？」

「……はい」

小さく答える美苑の顔は、今まで一度も見たことがないくらい、〈女の子〉だった。相手の一挙一動にどぎまぎして、冷静でなんかいられない、〈恋する女子〉。

俺がずっと妄想してきた、憧《あこが》れの〈彼女〉の表情《かお》。

「嘘だろ……」

不吉な予感が的中する。俺は茫然《ぼうぜん》とその場に立ち尽くした。

美苑にカッコ悪いって思われたらどうしよう、なんてワクドキしてたさっきまでの余裕なんか、もう欠片《かけら》もない。天国から地獄《じごく》へ急降下だ。

それからどうやって教室に入って、美苑と同じ部屋の気まずい時間を過ごしたのか、まったく記憶がない。

気がつくと、時刻は放課後になっていた。

やっと美苑と征木のいる学校という檻《おり》から解放される。

重い足取りでバス停に向かう俺に合わせて、律たちはまた自転車を押しつつ、ついてきてくれる。

「あー、終わったわ、俺……」

　俺が深い深いため息をつくと、律が片手で眼鏡をくいとかけなおした。

「……あのさあ、シリアスなとこ悪いけど、斗和の思いすごしじゃないのか？」

「そんなことねえよ！　アイツ、征木の前でだけ目じりが二ミリ下がって、口角が三ミリもあがってたんだよ⁉」

「はあ？　なんだそれ」

「俺にはわかる。美苑は征木が好きなんだ」

「もしそうだとしても、それってただの〈憧れ〉じゃないか？」

　憧れ？　なんだそれ。

「思春期の女子が身近な大人の異性である教師に、それっぽいときめきを覚えるって、統計的によくあるらしいぜ」

「そういや女って小さい頃は、パパ大好き、とかファザコンっぽいこと言うな」

「そうそう、ただの憧れ、憧れ。すぐ卒業するって。だって相手はあの征木だろ？　三十前の親父だぜ？」

　てことは、美苑は……？　でも、だが、しかし……、

「……いや。俺にはそんなふうに思えねーよ」

「だったらもうあきらめたら？　他に好きな男がいるんじゃ、彼女にすんの無理じゃね？」

「……」

それは俺だってよくわかってる。ていうか、もう今となってはそれしか美苑にとれる手段なんてないじゃないか。

馬鹿《ばか》みたいだ。相手が好きかどうかもわからないのにコクって、フラれて、悪あがきして、最後には美苑が他の男が好きってわかってしまった。ほんと、俺、カッコ悪い。

そんな俺が今さらできることなんて、あきらめることより他にあるわけない。

なのに……。

俺が黙っていると、律がため息をついた。

「なあ、なんでそこまで三輪美苑にこだわるんだ？　女子なら他にもいるだろ？」

「だよな。斗和の取り巻きの中になら、彼女になってくれるヤツだっていると思うけどな」

「そうだよ、他の子じゃダメなの？」

「……」

「……無言かよ!?」

「斗和のはあれだな。ツァイガルニク効果ってやつ」

「ツァイガル……肉？」

「ツァイガルニク効果。人間は達成できなかった物事や中断している物事に対してより強い記憶や印象をもっていう、心理学的な現象のことをいうんだよ」

「何それ」

「つまり斗和は三輪のこと、なかなか落とせないから気になって、追っかけ続けてるんじゃないのって話」

「あー、確かに。それっぽいとこあるな、斗和は」

「昔っから変なトコで一途だからなあ。ゲームクリアするのにせっかくの三連休無駄につかってひたすらランク上げしてたりな」

「驚くほどどーでもいい情報だな」

「つまり、三輪にコクっても相手にされねーから、三輪のこと気になって、それを好きって勘違いしてるだけってこと？」

「そう、かもしれねーけど……。いや、でも、そんだけじゃない気がする」

自分のことなのによくわからなくて、頭の中がごちゃごちゃだけど。それでも、違う、というそこの部分だけは確かだと思う。

自分でもどうしてそう思うのかわからない。

俺は人と争うのは嫌いだし、カッコ悪い真似もしたくない。

相変わらず、好きってのがどういうことかよくわからないし、美苑には冷たい態度とられてばっかだし、難攻不落の壁にぶつかったって怪我《けが》をするだけだ。すでに昨日ボコられて、親にも悲鳴をあげられた。

なのに。それでも……。

その時、ふと、誰かの気配を感じたような気がして、顔を上げる。

道の前方。夕日に溶け込むようにして、美苑の後ろ姿があった。

「あ、美苑発見！」

「やめとけよ、ウザがられてるんじゃねーの？」

「だって、また変な男に絡まれるかもしんねえだろ。じゃーな！」

俺はにかっと笑って三人に手をふると、急いで美苑に向かって走っていく。一緒のバスに乗れなかったら大変だ。

――残された三人はその一途な背を見送りながら、互いに眼を見かわした。

「またボコられたらどーしようとか、全然、考えてねー顔だな、ありゃ」

「確かに、『そんだけじゃない』かもな……」

バスを降りて、先を歩く美苑を追いかける。それだけで楽しくなるのはどうしてだろう。

フラれたばっかなのに。

冷たい眼ばっか向けられてるのに。……望みなんてないのに。

それでも鼓動がうるさいくらいに跳ねてるのは、走ってるからだけじゃない気がする。

美苑に会えて嬉しい、嬉しい、そう、どくんどくんと叫んでる気がする。

自分でも不思議なんだけど。

どんなにひどいコト言われてもそっけなくされても、なんかやっぱり毎日、顔見てえんだよ。

「美苑！　一緒に帰ろ！」

「断る」

「早っ」

ずんずん先を歩いていく美苑を懸命に追いかける。

「何でついてくるのよ」

「だって昨日のヤツがいたら困るじゃん。俺が守ってやっからさ」

「いーよ。もう着いたし」

そこは……築五十年は余裕で経過しているであろう、オンボロアパートだった。今どきよくこんなのが残っていたなと思う、サイディング張り、外階段の二階建てだ。

「えっ⁉　ここが美苑ん家《ち》？」

問いかける間にも、美苑が錆《さび》だらけの外階段を上がっていく。

「おい、美苑、ちょっと待てって！」

「もう、帰んなよ」

美苑が部屋の鍵を開けながら言う。こちらを見もしない。

駄目だ、このままじゃ部屋に入られてしまう。少しも美苑の視界に入れないまま。それは嫌だ。……そう、嫌なんだ、俺は。嫌だ、嫌だ、今度はそう俺の鼓動が叫んでいる。

嫌だ。やっぱ、あきらめるのなんか嫌だ。嫌だ、
つーか、あきらめられない！

俺は二階にいる美苑の姿が見えるように後方に下がった。大声を出す。

「あのさ、俺、決めたから。毎日、美苑に告白する。覚悟しとけよ！」

「……」

「俺、美苑のこと、本気で……」

もっと美苑にアピールしようと、あとずさった背が何かに当たる。

ゴトン、と音がして、外階段の脇に全戸分まとめてくっつけてあった郵便受けが一個、落ちてしまった。

「うわっ、ごめんっ」

「……別にいいよ。大家さんに言っとくから。じゃあね」

美苑が家に入ってしまう。結局、また、みっともないとこを見せただけだった。

（……自分が、情けない）

こういうのを甲斐性なしとかいうんだろうか。

俺はため息をつくと、おもむろに落ちた郵便受けを元に戻そうとした。掲示板か看板みたいな板を立ててくっつけてあった赤い郵便受けは、手を離すとまたごとっと落ちてしまう。

「……」

俺じゃ手に負えない。ほんと、カッコ悪い。

再びため息をつきつつ家に帰ると、リビングで父さんと母さんがにらみ合っていた。

「……ひどい人ね」

「もう終わりだな」

「待って……！」

冷ややかに宣告した父さんに、母さんが必死にすがりつく。だが父さんは容赦《ようしゃ》しない。

二人の間にあるリバーシのボード。そこに並べられたコマを、父さんが勝ち誇った顔でどんどん自分の色に変えている。平日の日中だっていうのに何やってんだか。相変わらず仲のいい夫婦だ。

「父さん、帰ってたんだ。今日はやけに早いじゃん。最近、休日出勤ばっかだったのに」

「おー。斗和、お帰り。待ってたんだ」

「パパってば今日は出先から直帰したんですって」

「明日からはまた遅くなるけどな。今、ちょっとやっかいな企画に関わってるから。で、久しぶりに三人そろったんだ、晩飯、食べに行かないかと思ってな」

「ねえ、斗和、何がいい？　お寿司？　焼肉？　パパ何でもおごってくれるって」

「……俺、いいや。二人で行ってきなよ」

「えー、そうなの？　斗和がいないとつまんないのにー。……じゃあパパ、久しぶりに二人でデートしちゃう？」

「デートか……」

「何よお、私とじゃ嫌なの？」

「そ、そんなこと言ってないだろう。……ちょっと照れただけさ」

「やーん、パパったら♡　と、あら、斗和は？」

いつも通りいちゃつきはじめた夫婦に背を向けて、俺は目当ての工具箱を見つけると、家を出た。

カン、カン、カン。

すっかり夜闇《よるやみ》に沈んだ住宅街。古びたアパート前で、ハンマーをふるう音がする。

俺はあれからすぐここに戻って、郵便受けを直そうとしていた。

が、うまくいかない。古びた郵便受けはいくら釘を打ちつけても、手を離すとまた落ちてしまう。それでもあきらめずに格闘していると、声をかけられた。

「古谷」

「え？　うわ、痛たた……」

振り向いたひょうしに、指をハンマーでたたいてしまう。

昨日蹴られた時の比ではない痛みに、その場にしゃがみ込んで指を押さえた。うわ、血が出てる。なんか俺、怪我ばっかしてる気がする。美苑が駆け寄ってきた。

「何やってんのよ、馬鹿！」

「……」

「……ったく。来なさい」

「え？」

「消毒。しないとまずいでしょ。……うちの郵便受け、直してくれてたんだし」

ぷいっと美苑が向きを変えて外階段を上っていく。これはついてこいということだろうか。緊張しつつ一段一段階段を上がって、美苑のテリトリーにお邪魔する。

そこは狭い玄関土間と台所、半分開いたふすまの様子からして六畳ほどの部屋が二つ、それにバストイレがついているらしき狭い家だった。

「そこに座って」

言われたので、狭いキッチン隣接の上り口に腰かける。

ここで美苑が生活をしている。そう思うと姿勢も崩せない。緊張でカチコチになっていると、救急箱をもってきた美苑が横に座った。俺の手をとって絆創膏を貼ってくれる。

「あのね。古谷がケガしたから仕方なく家にあげただけだからね」

「わかってるよ。そんな言い訳しなくたって」

改めて家の中を見回す。質素……を通り越して殺風景な部屋だった。

ちゃぶ台にテレビ、カラーボックス。必要最小限のものしか置かれていない。照明もレトロなぶら下がるやつだ。それに何だろ。変わった油っぽいにおいがする。

女子が暮らす家ってもっとこう、ぬいぐるみとかがあってフリフリしてると思ってた。

「……ここが美苑ん家か」

「はい、おしまい！」

つぶやいたら、ばしっと打ちつけた場所を叩かれた。

「うわあ、ドSかよ……」

痛くて呻《うめ》いたら、美苑が笑いながらコートを脱ぐ。

俺はやっと美苑が着替えより治療を優先してくれていたことに気がついた。指の痛みが引っ込んで、胸がぽかぽかしてくる。

「どっか行ってたの？」

「うん、バイト」

「こんな遅くまで？」

壁にかかった時計の針は、九時十分を指している。

「もう九時過ぎてるじゃん。あ、ごめん、俺気づかなくて。こんな時間じゃ、親、帰ってきたらヤバいよな？　俺がここにいたら……」

「帰ってこないよ」

「え？」

「水商売だから。だいたい朝帰りだし」

「へえ……」

そう言った美苑の様子が気になって、ちょっとしんみりしてしまう。

だが次の瞬間、俺は気づいてしまった。

親がいないということは、ずっと二人きりだということに。

一気にまた血圧が上がって、うあああ、と内心どぎまぎしていると、美苑がちゃぶ台の上でカバンをひっくり返した。

どさっと大量の袋詰めパンが出てくる。アンパンにコロッケパン、ミルクフランスにカレーパン。小腹がすいた時用の夜食にしては量も種類も多い。

「……もしかして、晩飯？」

「うん。バイト先で工場長がくれるの。……古谷も食べる？　いっぱいあるし」

「あ、うん!!（わーい、誘われちゃった）」

「それ食べたら帰ってね」

「……わかってるよ（しょぼ～ん）」

胸のぽかぽかが一気に氷点下に冷やされる。いや、めげるな俺。美苑の見事なツンドラ気候っぷりは知ってるはずじゃないか。気を取り直して話しかける。

「なあ、なあ、美苑ってキョーダイいんの？」

「一人っ子」

「へえ、俺と一緒じゃん」

「……」

「あのさ、じゃあ、チョコ柿の種って食ったことある？　めっちゃうまいんだけど。俺好き」

「食べたこと、ない」

「クラッシャー井上《いのうえ》の動画、見てる？　あれ、ヤバくねえ？」

こんな機会めったにない。

せっせと話しかけると、美苑がしらっとした眼を向けてきた。

「……あのさ、黙って食べれば？」

「……だって。俺、美苑のこと、もっと知りたいし」

「……」

スルーかよ！

ていうか、無反応でパン食べないで。お願いだから。悲しくなる。

（あぁぁ、距離がまったく縮まらねええ――――!!）

なんかもう、体は直径数十センチのちゃぶ台はさんで向かい合ってるのに、心は月と地球ほどの開きがある。間にあるのは真空、絶対零度の世界だ。寒い。ひたすら寒い。

何でだ。家に男子を入れるって女子的にすげえ事件じゃないの？

そのうえコート脱ぐのもそこそこに手当てしてくれたり、二人で飯を食うなんて、俺にしたら大事件なんだけど。

（……ていうか、何だろ。さっきからすげえ静かだ）

俺が黙ると、何の音も聞こえない。しんっと静まり返った殺風景な部屋が、パンの袋のカサカサいう音までも吸い込んでいく。

家族が家にいないってこんなもんなんだろうか。

俺ん家だって普段は母さん一人だけだけど。しょっちゅう父さんや友だちと電話しててうるさいくらいなのに。

「……あのさ、友だちとか呼ばねえの？」

「……」

「ほら、一人だったら、つまんねえ時とか、逆に呼び放題だなって」

「バイトで帰りも遅いし、こんな時間に遊びに来る非常識めったにいない」

「そっか、そうだよな、そんな非常識いるわけ……って、俺か！」

駄目だ、静けさが重い。

とにかく何か話題だ、話題。こいつが食いつきそうな……。

必死に眼を泳がせると、奥の部屋の壁に、大きな絵が二枚、飾ってあるのが見えた。一枚は石膏《せっこう》像のクロッキー。もう一枚は淡く彩色された風景画。大きく枝を広げた木の下のベンチに、小さな女の子が、こちらに背を向けて座っている。

そして。その横にある箪笥《たんす》の上に、小さな仏壇があるのに気がついた。開いた扉の前に、遺影らしき写真立てが一つあって、若い男性の写真が入っている。

写真の男性のほうはなんか見覚えがあるような気がする。いや、誰かに似てるのか？

そして壁にある風景画のほうは。

ためらいつつ聞いてみる。写真のほうは聞けないから、絵のほうを。

「あの絵って、緑《みどり》の丘《おか》公園の、あの丘？」

「……うん。お父さん、小説とかの挿絵《さしえ》描いてたから。あれが最後に描いた絵」

え？　最後？　過去形？　じゃあ、もしかして……？

（やばい！）

まずい話題ふっちまった。あの仏壇の遺影は親父さんのなんだ。親戚とかじゃなく。

ああ――!!　俺もう最悪!!　美苑にとっちゃきつい話題なのに。

どうしよう。ここで黙り込むのも、強引に話そらすのも、むっちゃ変だ。美苑に気をつかわせちまう。

というか写真の親父さんはすごく若い。美苑はまだ高二なのに。

じゃあ、いったい親父さんは……？

「あの、お父さん、いつ……」

「私が九歳の時。病気で」

「そっか……」

写真の親父さんが若いわけだ。

じゃあ、そんなガキの頃から、美苑は。

時計の針の音が響く。カサカサいうパンの袋の音も。今度はその些細《ささい》な音が重い。

「その、大変だったな」

「大変だったのは私じゃなく、お母さん」

「……」

「……」

美苑が無言でパンを食べる。俺もかじる。だけど味がしない。気張って呑《の》み込まないと、他に誰もいない部屋の静けさに押しつぶされそうだ。

「……なあ、美苑。その……毎日、こんな感じなのか？」

「ああ、暇？　テレビつけようか？」

「ちげーよ！」

そんなんじゃないだろ!?　お前が感じてるのは。

俺はたまたま今日だけだけど、お前はこれが毎日なんだろう??

「美苑、俺、あのさ、美苑さえよかったら、今度、差し入れとか持って遊びに来るけど」

「いい」

「だから、そーいうのじゃなくて、お前一人で……!」

ああ、もう、何言っていいかわからねえ。

(だって俺が来たら、美苑は一人ぼっちにならなくてすむじゃん……!?)

そんなふうなことを言いたいのに。カッコいい励ましが思いつかねえ。

もどかしさを言葉にできないでいる俺に、美苑がきっぱりと言う。

「もう、全然慣れっこだから。勝手に一人ぼっちとか決めつけないで」

「美苑、でも……」

「私は別に平気だって言ってるの!」

それは、美苑の心からの叫びだった。

その場限りの安っぽい同情なんていらない。

見せつけないで、私に向けてこないで。

あなたの、その人に優しくできるだけの余裕を。すぐになくなってしまう手なんて私は欲しくない。それくらいなら最初から関わらないで。

いつも強気な彼女の、泣き出しそうな目が言っていた。

「もう、帰ってよ!!」

美苑がどんと俺を突き飛ばす。逆光になった彼女の顔には確かに涙があった。

俺が来なけりゃ。

俺が親父さんの写真に気づいたりしなかったら、流す必要のなかった涙だ。俺が泣かせた。何の覚悟もなく彼女の領域に踏み入って。

今、俺は確実に美苑の心臓を抉《えぐ》った。

中途半端な同情と、傲慢《ごうまん》な気づかいで――。

家に帰ると、父さんたちがホットプレートで焼肉をしていた。

「……あれ？　二人とも、デートじゃなかったの？」

「だって斗和一人でご飯なんて、寂しいじゃないの」

母さんが肉をひょいっとひっくり返す。見ればまだ焼き始めで、二人とも全然食べていない。時計を見たらもう十時過ぎだ。

こんな時間なのにずっと待っていてくれた。

それは安っぽい同情じゃなく、ずっと傍《そば》にいる家族だから？

「どうしたんだ、ぼーっとつっ立って。ほら、ここ座れ」

「……飯、食ってきちゃったんだけど」

「なんだなんだ、久しぶりに親父と飯食ってやろうって気にならないのか。冷たいなあ」

「そーだそーだ」

母さんまでもが菜箸《さいばし》をふりかざす。

俺の様子が変だってわかってると思う。指の怪我はどうした、とかその工具入れは何？とか、聞きたいことがいろいろあるはずだ。なのに何も聞かずに受け入れてくれる。

肉を焼く音、二人が話す声。温かい家族のいろんな音が、テレビなんかをつけなくてもにぎやかに俺を包む。

脳裏に、一人きりの美苑が浮かんだ。

あの殺風景な部屋で、テレビを観ながらパンをかじっている。

どくんと胸が痛んだ。いや、寒い。寂しい。

父親がいない家。それはふだんの俺ん家も同じだけど。でも母さんは父さんが帰ってくればこうして一緒に飯も食える。だけど美苑の親父さんが帰ってくることは二度とない。

これは同情だろうか。美苑が嫌った。

それとも罪の意識か？　アイツの心を抉った。

胸の痛みが治まらない。それどころかどんどん激しくなる。

自分でもこの痛みが何なのかはわからない。だけどこのままにしちゃいけないと思った。

アイツを、あの独りぼっちの家においてちゃいけないと。

「……あのさ」

「ん？　どうした」

「俺、ちょっと二人に相談したいことあるんだけど……」

＊＊＊＊

それから三日後の朝。

相変わらず殺風景な部屋で、美苑は目を覚ました。侘《わび》しく鳴るスマホのアラームを消して、隣を見る。

昨夜、美苑がしいた布団には、誰も寝た跡はない。

「……」

起き上がり、窓を開ける。

いつもの静かな朝の光景。それでも部屋の中よりはましだ。

冷たい空気の中で大きく伸びをしたその時、突然、明るい声をかけられた。

「おはよう！」

「!?」

隣のベランダに、見慣れた男子がいた。しかもパジャマ姿で。

驚きのあまり眼を見開くと、彼はにっこり笑って自己紹介をした。

「隣に越してきた古谷斗和です。よろしく」

「……は？　なんで……？」

「そんなの決まってるだろ、美苑の傍にいたいからだよ」

「……」

「美苑、俺、お前が……」

最後まで聞く気はない。美苑はぴしゃりと窓を閉めて引っ込んだ。

＊＊＊＊＊

「おい！」

俺は相変わらずの、早っ、な対応に突っ込みを入れる。

閉じられた窓、だけど怒る気になれない。朝から美苑の顔が見れた。泣いてなかった。

それを確かめられただけで胸が温かくなる。

それに、隣にある美苑ん家の窓。

ガードの固い彼女そのものみたいに、ぴっちりと閉じられた窓の、内側にあるカーテンが、誰かが後ろ手に握りしめているように皺《しわ》が寄ったままになっている気がする。

まるで思いがけない温もりにとまどうように。

もう寂しがらなくていいのだろうか、この人は本気なのかと、恐る恐るこちらをうかがっているように。

……だったらいいなっていうのは、俺の希望だけど。

でも、俺は本気なんだ。

（美苑、拒否られたからって、簡単にあきらめねえからな！）

俺はもう今までの俺でいたくない。

俺は変わるって決めたんだ。

美苑にふさわしい男になるために。

この難攻不落の壁を乗り越えて、美苑のもとまで辿《たど》りついてみせるって決めたんだ——。

3　一つ屋根の下

「なあ、律《りつ》ー、こういう場合、『えー、斗和《とわ》くんなんでいるの？　私のこと心配してくれてたの？　嬉《うれ》しい、好き……』ってなるのが正しい女子じゃね？」

「とりあえず、きもいから女子真似はやめろ」

学校につくなり、今朝の美苑《みその》の反応について相談すると、律にべしっと顔にスマホを押し付けられた。

「だいたい、マジでそんなこと期待してたのか？　あの三輪《みわ》に？」

「期待するだろ!?　だって一つ屋根の下だぜ??　あーあ、びっくりさせようと思って引っ越しのこと黙ってたのが敗因だったかなあ……」

「おめでたいヤツ……」

「でもさ、斗和、三日で引っ越すなんて奇跡だよな！」

「そう思うだろ、惟智也《いちや》！　たまたま隣が空《あ》いててさあ、これも日頃の行いってやつ？」

「親は？　よく許したな」

「母さんにはめっちゃ反対されたけど、父さんが味方してくれてさ」

男には踏み出さないといけない時がある、と、父さんは言ってくれた。その後、母さんとのなれ初《そ》めをえんえん聞かされたのにはまいったが。

まあ、おかげで熱愛時代を思い出してよりラブラブになった母さんが、オッケーを出してくれたから、ありがとう、さすが父さん、と大人の貫禄に感謝した。

「なにはともあれ、はい、祝一人暮らしっつーコトで、引っ越し祝い」

「お～、サンキュ、惟智也！」

差し出された袋を開ける。出てきたのはグラビアアイドルが表紙の、いわゆるそういう雑誌の束だった。

（こんなもん学校に持ってくるな！）

教師に見つかったらどうする。てか、これのどこが引っ越し祝いだ。

「おい！」

と、惟智也に突っ込みつつも、やっぱりちょっと興味があったりするので、ちらっと開いてみたりする。龍生《りゅうせい》も横からのぞき込んできた。

「うおっ、すげえ！」

「……」

シャイな律は固まってしまったが、龍生はさっそくくいついてきた。同志。

「ははっ、対照的な反応だな。おーい、律、大丈夫か？　生きてるか？」

「大丈夫……くない……」

「なんだよ、律、情けねえなあ、おおー、すげえ！」

「だろ？　さすが俺セレクト」

惟智也のドヤ顔はおいといて、なかなか粒ぞろいの黒髪、クール系水着女子だ。皆、ちょっと美苑似なのは気のせいか？

固まっている律をおいて三人で鑑賞していると、女子がよってきた。

「やーん、斗和くんがエッチな本持ってる〜」

「えー、こういう子、趣味なの？」

その時、冷気を感じた。

振り返ると、凍りついたシベリアの大地よりも冷たい眼をした美苑がいた。

「……」

沈黙が怖い。

「べ、別に、興味ねえしっ」

あわてて雑誌を閉じたところで、美術教師の征木《まさき》がやってきた。

さっそく女子が騒ぎだす。

「キャー、征木先生♡」

「ほら、手ふってないで、席につけー」

変わり身の速い女子はともかく、なんで征木がここにいるんだ？　担任でもないくせに。

「先生、担任の奥村《おくむら》先生は？」

「風邪でお休みだ。だから俺が代わりな。ほら、出席とるぞー」

点呼をとりはじめた征木に、女子たちが、ラッキーと手を打ち合っている。なんでこんな美術教師がうけるんだ。

そろっと美苑のほうを確認する。

どきっとした。

ふわりと。彼女は微笑《ほほえ》んでいた。最高に可愛《かわい》い、あの恋する女子の顔で。

思わず見惚《みと》れて、はっと正気づく。馬鹿《ばか》な、今の美苑は俺じゃなく征木を見てるんだ。

なのに恋する女子？　んなわけあるか。

「違う、違う、これは……、そう、ただの憧《あこが》れだ、一時の気の迷いだ……」

ぶつぶつ下を向いて自己暗示をかけていると、征木が声をかけてきた。

「おーい、古谷《ふるや》どうした、トイレか？」

「違《ちげ》えーよ！」

よりにもよってなんつーこと言うんだ、この教師は。

どっと教室がわく。

そろっと見ると、美苑は征木ではなく、俺のほうを見ていた。笑ってる。

「な、なんだよ、もう……」

こっち見てくれたし、笑顔を見れたのはよかったのかどうなのか。複雑な男心だった。

もやもやした心を抱えたまま、アパートに帰宅して。

適当に家事をこなして、することがなくなって。俺は一人の時間を持て余して惟智也にもらった雑誌をパラパラめくる。

「……」

駄目だ。教室で他のやつらと見た時ほど楽しくない。

（まだ九時前かあ。美苑、バイト中だよな……）

雑誌を閉じて、そのままずるずるとベッドに寝そべる。

ぼんやり天井を眺めていると、さっき見た雑誌のグラビアアイドルの顔が美苑に変換されて頭の中に浮かんできた。

『もう、斗和くんったら♡』

恋する女子の可愛い美苑が、恥じらうように肩をすくめて微笑んで、そして……。

「うわっ」

俺は飛び起きた。

やばい。なまじ隣に美苑の部屋があって一つ屋根の下だからか、心臓のバクバクがおさまらない。なんかすごく隣が気になって。壁の向こうに意識がいって。

今、美苑はいないけど、それでも壁に耳あてて、音聞きたくなって……。

つい、手を伸ばしたら。

ドンドンドン！

と、俺のいけない妄想《もうそう》をかき消すように、隣から激しくドアをたたく音が聞こえてきた。

は？　なんだこりゃ。

あわててドアに張りついて外をうかがうと、どすの利いた声が聞こえてきた。

「三輪さーん、まるしローンの者ですけどー」

な、なんだ、この893《ヤクザ》めいた声は。

怖いけど好奇心に負けて、そろっとドアを細く開けてみる。美苑の家の前に、ガラの悪そうな男たちがいた。ガンガンドアを蹴《け》っ飛ばしている。

「三輪さーん、返済日ですよぉ、わかってますよねぇ」

嘘《うそ》だろ⁉　借金取りってか⁇　まさかこんなのに金借りてんのか、三輪家⁉

「今日、娘、バイト早帰りのはずなんっすけどね」

「なら、いるはずだな。……おい、なんだてめぇ！」

まずい、迫力あるサングラスのほうがこっち見た。のぞいてるの見つかった！

ぎろっとにらまれて、あわててドアを閉める。閉じたドアの向こうからは、相変わらず、美苑に呼びかける借金取りの声が聞こえてくる。

そのうち、がんっ、と思い切り蹴りつける音がした。安普請《ぶしん》のアパート全体がゆれる。

「開けんかい、ゴラァ」

ひぃいいいいい。やばい、やばい、どんどんヒートアップしてる。

ああ、美苑がいない時間でよかった、と、耳を押さえてしゃがみこんだところで、はっと気づいた。

こいつら、さっき、「今日は娘はバイト早帰り」って言ってなかったか？

（ま、まさか……⁉）

あわててベランダ側の窓を開ける。おっかなびっくり、エアコンの室外機を置くくらいしか幅のない狭いベランダの手すりを乗り越えて、隣家の窓から中をのぞく。

美苑がいた。

部屋の隅《すみ》で、小さくなってふるえている。

（な、なんでいるんだ、美苑っ……！）

よりによって、こんな時に。

頭の中から今までのすべてが吹っ飛んだ。赤ん坊と荷物をかかえて顔を強張《こわば》らせていた妊婦、美苑に絡んだ男、蹴られた痛み。美苑の冷たい眼。中途半端な同情、傲慢《ごうまん》な気づかい、美苑の傷ついた瞳、それに、

『私は別に平気だって言ってるの！』

あの時の悲鳴のような、美苑の声。ああ、ここで踏み込んだら、俺、めちゃくちゃ嫌われるんだろうな。美苑は俺の手なんか欲してない。放っといてって思ってる。

だけど、この一回、美苑を助けることができたら……！

「美苑！」

俺は美苑の家の窓を開けて呼びかけた。美苑が振り返る。

「古谷!?」

「来い！」

「……」

「早く！」

美苑がこの期に及んでぷいと横を向く。膝《ひざ》の上にある手はきつく握りしめられてふるえているのに。

「……この状況でその態度かよ、三輪美苑」

思わず、笑ってしまった。ぶれないな、こいつは。

だから手を伸ばしたくなる。つっぱってる意地っ張りの猫をこの手でつかみたくなる。

これは律の言ってたツァイガルニク効果？　そんな分析、もうどうでもいい。美苑を助ける。それができれば、

ここに来た意味は、ある。


「あー、もう！」

部屋に飛び込んで美苑の手をつかむ。華奢《きやしや》な手首だった。

それをぐっと握りしめて、引き寄せる。

「俺のコト、嫌いなの知ってるし、頼りねえのもわかる。けど、ここには俺しかいねえんだ」

だから、と、言い聞かせる。

「とりあえずでも、藁《わら》にもすがっとけ！」

「……！」

眼を見開いている美苑を引っ張り出す。

ベランダ伝いに俺の部屋に戻って、中に倒れこむなり美苑を抱きしめる。まだ聞こえてくる暴力的な音から、美苑を守ろうと抱え込む。

借金取りたちはまだいる。ドアを蹴るどころか、勝手にガチャガチャとドアノブを回しはじめている。

「三輪さーん、って、なんだ？　鍵、壊れてるじゃねえか。入れやすすぜ、兄貴！」

「そうか。ちょっとお邪魔しますよー、三輪さん」

うわあ。どやどやと美苑の家に土足で踏み入る足音がする。

「……いねえな。逃げやがったか」

「兄貴、窓！」

「何……!?」

まずい！　俺は美苑を抱いたまま、あわてて腕を伸ばして自分の部屋の窓を閉める。カーテンも引っ張る。だけど借金取りたちはドアのほうにまわってきた。

やばい、俺、さっき鍵閉めたっけか？　思い出せない。

「ちょっとお隣さん、聞きたいことあるんすけどねえ……って、こっちも鍵あいてるじゃねえか。ラッキー」

バタン、と。ドアを蹴り開けて、借金取りが入ってくる。

どかどかと奥の部屋までやってきて、二人で抱き合っているのを見つかってしまう。弟分らしいほうが進み出て、俺をにらむ。

「ここにいやがったか。……おい、てめえ、関係ないお隣さんのくせに何やってんだ！」

怖い、マジで怖いんですけど。手ががくがくふるえる。

だけど俺はぎゅっと美苑を抱きしめる。彼らから遠ざけようと、身をもってかばう。

「おい、その娘、こっちによこしな。用があるんだよ」

「か、帰ってください」

「けっ、ふるえながら何言ってんだよ。殴られてえのか、てめえっ」

弟分のチンピラが唾《つば》を飛ばしてすごんでくる。

その後ろでは兄貴分らしい男がポケットに手を突っ込んだままこっちを見ている。怖い。

無言な分、こっちの兄貴のほうが迫力があって怖い。

俺、もう涙目で。

なんか鼻水も出てきた気がするけど。だけど、それでも、負けるもんかと兄貴分をにらみつける。俺は絶対に美苑を守るんだ！

どれくらいにらみ合っただろう。

俺にはすごく長く感じられたけど、一瞬だったのかもしれない。

ふっと、兄貴分のサングラスの奥の眼が笑ったように見えた。くい、と顎《あご》を動かすと、兄貴分が踵《きびす》を返す。

「……帰るぞ、ヤス」

「へ？　あ、荒木《あらき》の兄貴、こいつら、いいんですかい？」

弟分の問いには答えず、兄貴と呼ばれたほうが部屋から出ていく。ヤスと呼ばれたチンピラも、あわててあとを追いかけていく。

静かになった。

やっと二人だけに戻れた。

もう一生分の勇気を使い果たした気分だ。体が動かない。美苑を抱きしめたまま固まっていると、腕の中で美苑が小さく身じろぎした。

「……古谷、痛い」

「あ、ご、ごめんっ」

我にかえって、あわてて手を放す。

少し顔をうつむけたまま、美苑が体をずらした。気まずい空気が流れる。しばらくして、重苦しい空気を断ち切るように、美苑が言った。

「……帰る」

美苑が立ち上がる。駄目だ、行かせちゃいけない。こんなことがあったばっかりで、あの独りぼっちの部屋に帰すなんて、しちゃいけない。

(待って！)

俺は思わず彼女の手をつかんでいた。

「……何」

「……え？」

まずい、手はつかんだけど、引き留める理由を何も考えてなかった。

あわてて適当に言い訳を並べる。

「い、いや、えーっと、その、あれだ。あ！　飯！　飯食ってけよ！」

「……」

駄目だ。さすがに理由が馬鹿すぎた。

美苑は無言で手をふり払うと部屋を出て行った。カッコ悪くないか、俺。

「……そうだよな」

苦い笑いが出た。

もともと嫌われるの覚悟でやったことだけど。

せっかくの王子様の出番だったっていうのに、俺はふるえてばかりだった。征木なら？

大人の征木なら、こんな時どうしただろう。

（……なんでここで征木なんか思い出すんだよ、ますますカッコ悪……）

たてた膝に顔を埋《うず》めた時だった。

ぱたんとドアが開く音がして、ばさっと頭の上にパンが落ちてくる。

「え……」

顔を上げると、美苑がいた。ちょっと頬《ほお》を赤く染めて。照れているような顔で、ぷいと視線だけ横に向けて。

「ごはん」

「え？」

「食べるんでしょ。足りないと思って」

俺の中で、ぱああっと世界が再び輝きだした。

「うん！　食う、食う！」

思わず身を乗り出すと、美苑がちょっと笑った。すげえ、俺、今、すげえものを見ている。

「え、えっと、そうだ、ビーフシチューとかカレーとかもあるけど、食う？」

「ビーフ……」

美苑がごくりと喉《のど》を鳴らして食いついた。

よっしゃあ！　やべえ、めっちゃ嬉しい。

どうやらコイツをつるには食い物がいいらしい。いっぱい作り置きをくれてありがとう、母さん！

「家から、いろいろ持たされててさ」

美苑の気が変わらないうちに用意しようと立ち上がったところで、さっきの雑誌が開きっぱなしなことに気がついた。しかもよりにもよって美苑似アイドルのページだ。

「あー、あー、あー、これはっ」

ダッシュで駆けよって背中に隠すと、あわててごまかす。

「て、てことで食い物、いっぱいもらいすぎて困ってたんだ。美苑も食うの手伝ってくれよ」

「言っとくけど、関わるのご飯だけだからね」

「……うん！」

それでも、いい。

俺はいそいそと二人分の食器を出す。何これ、まるで新婚夫婦じゃね？

用意しておいてよかったとしみじみ感動しながら出した絵皿を、美苑がじっと見る。

「何、これ。ファンシーなんだけど」

「そ、そのお隣にお裾《すそ》分けする時のためにと思ってさ、その、隣人の作法ってやつで……」

本当はいつか美苑と飯を食べる時のために、なんて。

律たちに冷やかされながら買ったんだけど。それはさすがにまだ勇気がなくて言えない。

それでも美苑は、

「バカ……」

と小さく言いながら、笑ってくれた。最高のご褒美だった。

4 人を好きになるって、よくわからない

「い、一緒に飯を食っただと……！」

いつもの顔がそろったので、さっそく昨夜のことをのろけると、律《りつ》が絶句した。

場所は学校の美術室。

クラスの皆は置かれたリンゴとバナナを見ながら絵を描いている最中だ。

俺はまだデッサンが少しできているだけ。オールマイティに何でもこなす愛され男子の俺だが、征木《まさき》の授業だと思うとやる気が起こらない。

幾重《いくえ》にも円になったイーゼル列の最後尾なのをいいことに、俺は絵そっちのけで、律、龍生《りゅうせい》、惟智也《いちや》と秘密報告会を開く。

「なんだ、いつの間にか進展してるじゃないか」

「じゃあさ、じゃあさ、もう『お風呂にします？　それとも、わ・た・し？』もやっちゃったわけ？　わー、斗和《とわ》くん、大人ー！」

「……何、そのオッサンな発想」

ぼそぼそ四人でやっていると、近くの女子まで椅子《いす》をよせてきた。

「ね〜ね〜、楽しそーだね」

「何、話してるの？」

愛され男子はつらい。少しも放っておいてもらえない。

昨夜の食事ですっかり充電、愛され自信モードに復活した俺は、ふっ、と指を唇にあてててささやいてやる。

「内緒話してんの」

決まった。見惚《みと》れた女子たちが茫然《ぼうぜん》として、我に返ってから叫びだす。

「キャー、斗和くん、今日も最高ー！」

「……斗和のヤツ。絶好調だな」

「ふっ、当然！」

何しろ一緒にご飯を体験したこの俺だ。

今なら何でも可能な気がするぞ。月にだって飛んでいけるさ。

ふんふんと鉛筆を走らせていると、右頬《ほお》に視線を感じた。理屈じゃない。神秘な青春の力でわかる。これは美苑《みその》の視線だ。

（朝、一緒に登校してきたばっかなのに、もう寂しくてこっち見ちゃったりしてんのか～？）

なんか恥《は》ずい。気分はすでに秘密同棲《どうせい》気分だ。

ははは、こいつ～、皆に一つ屋根の下がばれたらどうすんだよ～、と、内心はどぎまぎしつつ全力で手をふる。

が。

すいっと美苑がクールに視線をそらせた。こっちは無視して絵を描き続けている。

あ、あれ？　何で⁇　アイコンタクト送ってきたんじゃねえの？

「……ホントに飯だけの関係ってコトだな」

律に突っ込まれた。落ち込むからいちいち分析するのはやめて、と言いかけた時、征木の野郎が美苑に近づくのが見えた。

あろうことか隣に立って、一緒に絵をのぞき込んでいる。

けっこう距離はあるけど、俺の耳にははっきりと二人の会話が聞こえてきた。

「構図はいいぞ、もっと描く対象の質感を意識して」

「はい……」

ちょっと待て、美苑。なんだ、その嬉《うれ》しそうな顔は。ビーフシチュー食ってた時より幸せそうじゃねえか。

俺がぎんっと嫉妬《しっと》むき出しの挑戦目線を送ると、征木が俺の隣にもやってきた。

「おい、古谷《ふるや》」

「何か用スか」

「お前、全然、進んでないじゃないか」

「あ、はい。それが何か？」

「もう皆今日で仕上げだぞ。しょうがないなあ、放課後残って頑張れ」

「え？　何だそれ！」

「出来上がるまで補習な、毎日来いよ」

「で――――！」

最悪だ。何が悲しくて恋敵《こいがたき》と二人で貴重な放課後つぶさないといけないんだ。しかも美苑が、「うらやましいうらやましいうらやま……」とエンドレス怨念波《おんねんぱ》を送ってくる。

ああもう、ため息しか出ねえ。またまた天国から地獄《じごく》へ急降下だ。

それでもこのミッションをこなさなきゃ単位はもらえない。

美苑と一緒に進級できない。

終業のチャイムが鳴ると、俺は渋々美術室に向かった。大人ってずるい。子どもに意地を張らせてもくれないのかよ。

廊下の角を曲がると、重そうな箱をもった担任の奥村《おくむら》が先を歩いているのが見えた。

「届きましたよ、征木先生」

美術室の扉を開けて、奥村が呼びかける。すぐ征木が出てきた。

「奥村先生、わざわざすみません」

「三輪《みわ》の調子はどうです？　毎日の指導すみませんね。で、来年の沢美《さわび》、大丈夫ですかね」

「もちろん！　三輪ならきっといけますよ」

「そうですか！　よかったー。あの子頑張り屋だから。これからもよろしくお願いしますね」

「はい、もちろん！」

奥村が笑いながら手をふって去っていく。

何だ、それ。沢美？　毎日の指導？　初耳のことばっかだ。

俺は征木に近づいた。ふわりと征木から油っぽい絵の具のにおいがする。そういえば前にもこんなにおいをかいだなと思った。

それで思い出した。美苑の家だ。あの時、美苑の父さんの写真、どこかで見たことがあるって思ったけど、征木だ。顔とかは似てないけど、目元の雰囲気とかがそっくりだ。

征木がこちらに気づいて、屈託《くったく》なく笑いかけてくる。

「お。古谷、来たか」

「……うん。あの、さ、美苑に……絵、教えてるんだ」

「え？　ああ。授業の前とか放課後とかにな」

「へえ……」

「三輪には絶対、美大に行ってほしいんだよなあ。三輪のレベルなら十分、奨学金《しょうがくきん》も狙えると思うし。あんなに熱心なんだ。進学をあきらめさせるのはかわいそうだよ」

知らなかった。よく見るとそこには美苑の描いた絵がたくさんあった。

その中の一枚は、あの日、美苑の家で見た、親父さんが最後に描いたという丘の絵と同じ風景画だ。

ただし、風景の中に少女はいない。

誰もいない、寂しい絵だ。

この絵は授業中もずっとここにあった。なのに、俺は少しも気づかなかった。

授業中、ガキっぽくはしゃいでばかりで。目先の美苑のことばっか気になって。征木を牽制《けんせい》するのに必死で子どもっぽい態度とって。

この絵はいつからここにあったんだ？

美苑のこと知りたい、美苑のことをもっと見よう。そう思ってたのに……。

「……なあ、征木先生」

「ん？　なんだ、先生なんて改まって」

「その……美苑のこと、好き？」

「好きだよ？」

「えっ」

「すごく頑張ってるしなあ。それに優しいし気が利くし。ま、たまにおっちょこちょいなとこあるけどな。いい子だと思うぞ」

……そういう〈好き〉かよ。まぎらわしい。

「で、古谷はどうするんだ？　進学するんだろ？」

「え？　ええ、まあ……」

「もうすぐ三年になるんだ。いろいろ楽しむのもいいが、そろそろ考えてくのも大事だぞ」

「うん……」

「新見《にいみ》も沢田《さわだ》もちゃんと考えてるかなあ。松川《まつかわ》も永倉《ながくら》ものんびり屋だし。かといって倉沢《くらさわ》や中岡《なかおか》はしっかりしてるけど頑張りすぎるとこあるしなあ」

……担任でもないのに、俺らのコト、みんな見てるのかよ。一人一人の名前覚えて、いいとこと注意しないといけないとこしっかり覚えて。

「なあ、古谷。先生、お前のことも応援してるからな。何かあったらいつでも相談に来いよ？」

何だよ。いい教師ぶるんじゃねえよ。カッコいい大人な顔見せてくるなよ。

……俺までほだされちまうじゃないか。いい教師だなって。

美苑が征木を好きな理由なんか知りたくなかったのに。コイツのすごいとこなんか知りたくなかったのに。

俺に向かって微笑《ほほえ》む征木が、大きく見えた。

駄目だ。今の俺じゃ全然勝てねえ。

「お、噂《うわさ》をすれば。来たのか、三輪」

見ると、画材を抱えた美苑が美術室に入ってくるところだった。

「今日も頑張っていくか？」

「はい！」

絵の具くさい箱を抱えた美苑はとても幸せそうだった。

征木に見守られているのが嬉しいのだろう。いそいそとイーゼルを立てかける足取りが弾んでいる。

美苑の顔は、俺がずっと見たいって思ってた、恋する女子の顔だ。だけど今の俺には美苑のそんな姿が眩《まぶ》しすぎて。同じ場所にいるのがつらかった。


空が、白っぽかった。

ちっぽけな人間が、その果てを見通すことを拒むかのように。

まだ花のつぼみ一つ、新芽の一つもつけていない庭木が塀の上からのぞいている。春の芽吹きを待つ木々。冬の終わりかけの景色が殺風景なのに明るく感じるのは、これからどんな鮮やかな色を木々が見せてくれるか、周りが希望に満ちて待っているからかもしれない。

春がまだ来ない住宅街を、美苑と並んで歩く。

美術室で、俺と美苑と征木。三人で過ごした思いがけない時間のあと、もう遅いから一緒のほうがいい、と征木の気づかいで美苑と帰ることになった。

静かな住宅街は、風に木々がゆれる他には誰もいない。

二人きりで、静かで。

いつもなら、よっしゃあ、とガッツポーズを決めたくなるくらい、いい雰囲気だ。だけど今の俺はそんな気分になれなかった。隣の美苑にそっと話しかける。

「あのさ……」

「……何？」

「さっき美術室にあった絵。美苑が描いたんだよな」

「うん。私、将来はお父さんみたいな絵の仕事したいから。美大に行きたいの」

「……」

「でも、うち、お金ないし。だから奨学金出してもらわないといけなくて。特待生狙わないといけないいんだけど」

「なんかすげえな、美苑」

俺、将来のことなんてまだ全然考えてないのに。

「すごくなんかないよ。私は無理だってあきらめてた。けど、先生が美大狙えって背中押してくれて……」

「そっか……」

「それからもこうして毎日デッサンとか見てくれて。征木先生には本当にお世話になってる。だから何かお礼したいって思ってるんだけど、何がいいかなあ」

「……」

「形になって残るものだと重いよね。男の人ってそういうの嫌うんでしょ？」

頰を赤く染めて語る美苑がたまらなく可愛《かわい》い。この場で抱きしめたくなるくらいだ。

でもきっとこいつは無自覚だ。自分の今の顔に気づいていない。

「ちょっとしたお礼なら手作りお菓子系かな。シュークリームとか。でもハードル高そう。無難なとこでクッキーかなあ」

……お前、征木のこと本気で好きなんだな。〈憧《あこが》れ〉、とかじゃなく。

自分が向ける想《おも》いが相手にとって負担になるかどうか、そんなことまで自然に気づかってしまうくらいに。

（俺なんか、自分の心、押しつけてばっかだったのに）

美苑が好きだ。その心は嘘《うそ》じゃないんだけど。

胸がぎゅって痛くなった。なんか息が苦しい。

そっと、また隣を見る。

遠い空を見上げる美苑の横顔は綺麗《きれい》だった。きらきら輝いていた。眩しくて、俺には直視できないくらいに。それがすべてを物語っている。

何かを追う者の顔。本気の眼だ。本気の、〈好き〉。

じゃあ、今、俺の胸にある想い。これは、好き、と言っていいんだろうか。

必死に美苑を追う想い。

でも本当にこれが〈好き〉だろうか。

美苑を家まで送った後、俺は一人で美苑が描いていた緑《みどり》の丘《おか》公園へ行ってみた。

誰もいない、広い空間を、眩しいような、乾いたような、白っぽい風が吹き抜けていく。

街を見おろす丘に一本だけ生えている大きな木が、誰も座っていないベンチに傘をさしかけるように大きく枝を広げていた。

今、俺が感じている想いは何だろう。

こんなに苦しくて、切なくて、そして……、傍《そば》にいる美苑まで壊してしまいそうなくらい、もどかしく暴れているものは？　美苑が今、大切に胸に抱いているものとは違う気がする。


雨が降ってきた。俺は一人、たたずむ。

わからない。

人を好きになるって、どういうことだろう。

激しい雨が降っている。

美苑と一緒に帰ってから数日がたっていた。

あれから何となく気まずくて、俺はもう美苑と一緒に下校したりしていない。

今日も俺はわざと美苑より遅れて学校を出た。

土砂降りの中、傘を忘れた俺が走ってアパートに帰ると、ちょうど美苑がゴミ袋をもって部屋から出てくるところだった。

びしょ濡れの俺を見て、驚いたように目を見開く。

「古谷、どうしたの!?」

「……何でもない」

美苑から顔をそらして、早口で言う。くしゃみが出た。

ぽたぽた前髪からも雫《しずく》が垂れている。こんなとこ見せたくない。なんで俺はいっつも美苑の前ではカッコ悪いことばっかしてるんだ。

早く部屋に入ってしまいたい。なのにカバンの中を探しても鍵が見つからない。

やばい。どっかに落としたのか？　探しに戻らないとだめか？　この土砂降りの中を？

「うち、来て」

美苑が言った。

「いいよ」

「風邪ひいたらどうするの。いいから来て！」

前は舞い上がるほど嬉しかった美苑からの誘いだ。だけど苦しくて。断ると、有無を言わさず部屋に連れ込まれた。

そこに座ってて、と言われてぼんやり立っていると、美苑が乾いたタオルをもってきた。手渡された洗い立てのタオル。

立ち上る香りから意識をそらそうと、仏壇の前に飾られた美苑の父の写真を見る。

やっぱり少し征木に似ている、そう感じるのは同じ絵を描く人だからだろうか。それとも俺がまだ美苑の気持ちを〈憧れ〉だと思いたがっているからだろうか。

だけど、憧れでも何でもいい。

美苑に想いを向けられる征木をうらやましく思う俺がいる。

「……なあ、美苑のお父さんってどんな人だったんだ？」

「優しい人だったよ。それからいつも油絵の具のにおいがした」

「征木と同じ？」

「え？」

「征木も絵の具のにおいがする。似てる、美苑のお父さんと」

「そう？　そっか、似てるか。そう思うの私だけじゃなかったんだ……」

ふわりと。美苑が微笑む。嬉しそうに、幸せそうに。

やめてくれ。俺の前で。

美苑、お願いだから、俺じゃないやつのことを想ってそんなふうに笑わないで。

その恋は叶わない。俺は聞いたんだ、征木に。

征木はお前のこと、ただの生徒の一人としか思ってない。

お前のことを、頑張ってる、応援したいって笑顔で話しながら、他のやつらの名前も口にするんだぞ？　なのに。


何か……イラつく。

こんなことばっか考える俺に。こんなムカムカすることばかり考えさせる征木に。そして……、眼の前で微笑んでるお前に。

アイツのことだとすぐ赤くなって恋する女子になるお前も、眼の前の俺じゃなくて別のヤツの話で笑うお前も。全部、イラつく。腹が立つ。

わかってんのか？

お前がどんなに征木が好きでも、征木がお前を選ぶことはないんだぞ？

だってお前は生徒で、アイツは大人。征木は根っからの教師だから。

征木はお前のことを生徒としか思っていない。これっぽっちも女の子として、特別な誰かとして見ていない。

なのにお前は征木ばかり眼で追うのか？

ぶちまけたい。全部コイツにぶちまけて、不毛な想いを終わらせてやりたい。

だってそうすりゃこいつは失恋する。それは俺にとって最大級のチャンスだ。失恋した美苑をなぐさめて、そのまま両想いになればいい。

だけど、だけど、

（言えない――――）

だって、それ言ったら、

（美苑は、絶対、泣くんだろ……？）

一人、黙って。静かに涙をぬぐいながら。

きつかった。美苑の泣き顔を想像するのは。自分がフラれた時よりきつかった。

駄目だ、俺、やっぱコイツが好きだ。

笑ってる顔が好きなんだ。泣いてなんかほしくないんだ。

なんでこううまくいかないんだろ。俺なら絶対お前を泣かせたりしない。大事にする。

なのにお前が見ているのは俺じゃなくて……。

雨の音が響く。俺の頭の中もぐちゃぐちゃの土砂降りだ。

「……ああ、もう。何なんだよ」

俺は乱暴に髪をかきまわした。

腹立つ。

全部腹立つ。

たぶん、今の俺は暴れだしそうな眼をしてる。周りのすべてを壊してしまいそうな。だってそんな気分だから。

「古谷?」

心配そうに、美苑が問いかけてくる。

俺は濡れたタオルと前髪の間から美苑を見すえる。本気の言葉が唇からもれた。

「なあ、俺にしとけよ、美苑」

「え……？」

美苑が気圧《けお》されたように、あとずさった。

あのクールな美苑が怖がってる？　俺を？　なんで？

（ああ、そっか。こいつ、やっと俺が本気だってわかったんだ）

お前が〈好き〉だって。彼女が欲しいとかじゃなくて、美苑って女の子が好きなんだって。

だけど、俺がこいつに与えてやれるのは、今みたいな戸惑いだけで。

征木みたいに幸せな笑顔を贈ってやれなくて。だから……。

「頼むから、そんな顔すんな……」

美苑をひきよせて、抱きしめていた。

驚いた美苑の顔。

それを見たら、切なくて切なくて。

想いが届かない俺、想いが届くことのないお前。何も知らない美苑がかわいそうで、胸が痛くて、苦しくて。体中が熱くて。

美苑の唇。

やわらかそうで、触れたらすごく気持ちよさそうで。

そのままキスをしようとして、視界がぐらりとゆれた。気がつくと俺は美苑の上におおいかぶさるようにして倒れこんでいた。

……あれ？　何だこれ。頭がガンガンする。

体も重たいし。重い。ああ、そうだ、美苑を押しつぶしちまってる。どかなきゃ。そう思うのに動けない。

「ちょっと、古谷!?」

ひんやりと気持ちのいい美苑の手が額に当てられたのを感じた。

「なっ、熱あるじゃない！」

それを最後に俺は意識を失った。

どろどろにゆだった夢の中で、美苑は俺に薬を飲ませたり、布団をかけてくれたり、かいがいしく看病してくれていた。

心配そうにこちらを見る眼は〈本気〉で心配してくれている人のもので。

俺は夢の中なのにまた息苦しくなって、手を伸ばしていた。

美苑の手を握る。

こいつを独りぼっちにしたくないから。一人より二人のほうが楽しいから。俺が一人になりたくないから。美苑といたいから。

「……一緒に、飯…、二人、で……」

かすれた声で、ようやくそれだけを伝える。

夢の中の美苑は、手をふり払ったりせずに、そっと優しく頭をなでてくれた。ずっと、ずっと……。


……朝日が眩しい。

俺が重い目蓋《まぶた》を開けると、そこには知らない天井があった。

「……あれ？」

頭がぼんやりしている。ここはどこだ？　俺はどうしてこんなところで寝ているんだろう。思い出せないまま顔を横に向けると、美苑がいた。

(え!?)

美苑は眠っていた。床に転がった俺に寄り添うようにして。

そして俺の手はしっかりと美苑の手を握りしめていた。

「み、み、美苑!?」

呼びかけると、う、ん……、と眼をこすりながら美苑が目を覚ます。

「ああ。古谷、起きたんだ」

「え？　あ、ああ、うん……」

「気分悪いなら倒れる前に言えばいいのに」

「倒れる、前……？」

言われて思い出した。俺、『頼むから、そんな顔すんな』とか言って、美苑を抱きしめて、それから……。

「あ────！」

俺は絶叫した。

俺、なんつーことを口走って、なんつーことをしようとしたんだ。

「ご、ごめん、美苑っ、俺っ」

「別にいーよ。熱ある時くらい面倒かけても」

いや、別に熱があったからあんなことしようとしたんじゃないと思うけど。どきどきしている自分の胸を、服の上からそっとおさえる。

幸い、あの時の凶暴な熱は落ち着いている。

よかった。ずっとあんな心のままでいたら俺は美苑に何をするか。

そこで俺は、自分が美苑の手をまだ握りしめたままでいることに気がついた。

美苑がてれくさそうに言った。

「……手、離そうとしたんだけど、離れなかったから」

べ、別に握ってあげてたわけじゃないし。ごにょごにょ言う美苑が最高に可愛い。

ふおおお、と叫びたくなった。

俺、この先何があってもこの美苑の顔を思い出すだけで生きていけると思う。なんかもう、昨日の凶暴な記憶の余韻《よいん》もみんな消えて、尻尾をふってる子犬気分になってしまう。

くう〜ん、と鳴き声が聞こえそうな眼になって美苑を見上げる。

「美苑……」

「ふ、古谷、今日、学校休むでしょ。ほら、起きれるようなら早く自分の部屋に帰って寝なよ。先生には言っとくから」

いつもの強気に戻った美苑に部屋を追い出されたけど、俺はいい気分だった。つんつん、いつものクールな美苑が、耳の先まで赤くしていたのをしっかり見たから。

鍵は間抜けなことに、制服のポケットに入っていた。そういえば朝、急いでてとりあえずここに突っ込んだんだった。

自分の部屋に戻って、ベッドに横たわって、隣の物音を聞く。

ぱたぱたと身支度を整えて出かけていく美苑の足音。

最後の一音の余韻までもが消え去ってから、口にくわえていた体温計を見る。三十七度を少し超えていた。

「まだちょっとあるな……」

体温計をもった自分の手に眼がいって。ぼっと顔から湯気が噴き出すかと思った。

美苑の手を握って並んで寝た。

ずっと一緒にいてくれた。

……助けてくれたんだ、熱を出した俺を。俺、美苑に助けてもらったんだ。また、

「……ヤベェ、めちゃくちゃ嬉しーんだけど」

勢いでやってしまったいろいろなこと。全部、熱のせいにされたのは、それはそれで男として複雑だが、それでも。

ちょっとだけ。ほんのちょっとだけ美苑との距離が縮まった気がする。

最初は月と地球くらいに離れてたのに。

今は……、そう！　同じ地球上に存在するのを許されてる気がする！　たとえ地表の端っこと端っこで死ぬほど遠くても、同じ地続きのところにいる気がする。

（だったら。歩き続けてれば、いつか美苑のとこ、たどりつけるじゃん……？）

だって地球は丸いんだから。

どきどきする。胸の中が跳ねまわる想いでいっぱいだ。絶対、今の俺の脳内温度は、体温計の上限を超えている。

これは、好き、だ。

俺にはわかる。もう間違えない。今、俺の胸に居座ってる想い。誰が何と言おうと、これは本気の〈好き〉だ。俺は美苑が好きなんだ。

古谷斗和、高二。早春。

本気の恋、はじめました――――。

5
君のためにできる、何か

「うむ、もう大丈夫だな」

客で込み合ったにぎやかなファミレスで。

医者のように俺の脈を測りながら、龍生《りゅうせい》がうなずく。

「何が大丈夫なんだよ」

「だから風邪的な何かだ」

「もう、龍ちゃんったら、医者の息子だけあってカッコだけは一人前なんだからー」

ちゃかす惟智也《いちや》を龍生のほうへ押しやって、律《りつ》がテーブル越しに俺に向かって身をかがめた。眼鏡の奥の瞳が真剣だ。

「で、何だよ、斗和《とわ》。自らDDD《脱○○同盟》に召集をかけるとは」

「実はだな」

「ふむふむ」

「俺はヘタレだ」

「「知ってるよ？」」

見事に三人の答えがハモっている。俺はがっくりテーブルにつっぷした。覚悟はしてたけど、全肯定、きつっ。

「……だよなあ」

やっぱこいつらにも俺はそう見えるのか。

「で？　だからなんだよ」

「あのさ、美苑《みその》がさ、俺の看病してくれたんだ。一晩中だぞ？」

思い切って打ち明けたのに、三人がぷいと横を向く。

「リア充報告ー、つまんなーい」

「ああ、つまらん」

「まあ、良かったねー。斗和ー」

「惟智《いち》、龍、わざとらしく外見るな！　律、セリフが棒読みだ！　聞けよ、あの美苑がデレたんだぞ!?　九十九パーセント〈ツン〉で構成されているアイツの一パーセントの貴重な〈デレ〉が来たんだぞ？　……なのに俺、何もできないんだ」

自分で言っていて、なんか悲しくなってきた。

自分の気持ちがやっとわかった。本気だ。本気で美苑が好きだ。今、好きになってほしいのは一人だけ。だけど。

「俺、美苑のこと、めっちゃ好きだけど。美苑は征木《まさき》のことが好きだから……」

「「「……」」」

だから、そこから先、どうすればいいのかわからない。美苑にどうすれば振り向いてもらえるのか、これっぽっちもわからない。

生まれた時からずっと女子に囲まれてきた。

いつも周りに誰かしら女がいて。特定のヤツはいなくても、女子の相手ならお手のもの。

そう、思ってたのに……。

(よく考えたら、俺、自分から好きになってもらおうとしたことって、一回もなかった)

いつも何もしなくても、ちやほやされたから。

だから。今になって、自分がヘタレだってやっと気がついて、それで、カッコいい男になりたいって思ってる。

だって、そうしないと、勝てないいいから……！

「お前らから見てもわかるよな。俺、征木《アイツ》には敵《かな》わねえ。でも美苑のこと、あきらめたくないんだ」

あの夜、俺は美苑に乱暴なことをしてしまった。熱の冷めた今なら、あの時、なんで俺があんなことをしたのか理由がわかる。征木に敵わないからだ。だから焦って、腕ずくで征木を超えようとしたんだ。……そんなことしても、意味ないのに。

違うだろ？　そんなの。

男なら好きな子を守れなきゃダメだろ？

せっかく隣の部屋に引っ越したのに。美苑のために何もしてやれなくて、ムダに近くにいるせいで情けねぇとこばっか見せて。手当てしてもらったり助けてもらってばっかで。何も美苑に返せてない。征木みたいに美苑を笑顔にしたり支えたり、全然できてない。

俺は美苑の傍《そば》で、美苑を守れる男にならなきゃいけない。

いつもあきれた顔しながらも助けてくれる、美苑のために。

やばい。なんか眼の奥がつんとしてきた。

でも、だから、

だからこそ、

「カッコ悪いヤツって思われても、情けないヤツって思われてもいい。頼む、どうしたらいい？　美苑に好きになってもらうために、これから何をすればいい？　教えてくれ！」

三人に頭を下げる。

情けない格好だけどそれでもいい。知りたいんだ、俺は。美苑に俺を好きになってもらえる方法を。

美苑が征木のことでちょっとでもへこまなくていいように。

征木の心をアイツが知っちまった時、アイツが泣かなくていいように。

そう。決めたんだ。


俺は美苑に失恋なんかさせない。

美苑が失恋する前に、征木の心に気づいちまう前に、絶対に俺に振り向かせてやる！


しばらくそのままでいると、三人が顔を見合わせた。

ぽり、と頭をかきながら、順に口を開く。

「……やっぱあれじゃね？　あたって、あたって、あたっていくのがホレた女子への礼儀とか。ほら、日参っての？　小野小町《おののこまち》だっけ。なんかそんな古典なかったっけ」

「ああ、深草少将《ふかくさのしょうしょう》ね。百夜通《ももよがよ》いの。でもあれ、結局、失敗してなかったっけ」

相談にのってくれている。俺はがばっと顔をあげた。

にかっと笑って惟智也が俺の髪をくしゃくしゃになでる。律も龍生も、腕を組んで、不敵に笑ってる。三人が輝いて見えた。

「ま、お前がこんな真剣に誰かを好きになるなんてキセキだからな」

「協力してやるってコト！」

「だけど斗和ってもうあたって、あたって、あたってるだろ？　三輪《みわ》、慣れちゃってんじゃない？　だいたい一つ屋根の下なんて上級イベントよりインパクトあるのってなんだよ」

「ったく、後先考えずに突っ走って、ハードル上げるから」

「……ごめんなさい」

律が例のごとく、スマホを操る。きらりと光る知的な眼鏡が頼もしい。

「男子高校生にオススメの告白シチュエーションランキングってのがあるぞ」

「へー、花火大会、クリスマス、初詣《はつもう》でなどの季節のイベント系かあ」

「だけど全部終わってないか？　もう二月だぞ」

冷静に龍生が突っ込む。俺はますます落ち込んだ。俺ってへたれなだけでなく、運にまで見放されている。

律がうーんと腕を組んで顔をしかめる。

「こうなったらオーソドックスに学校行事はどうだ？　それならまだある」

「だね。学校と家しか二人の接点はないいんだし」

「とりあえず、目先の学校行事というと……」

きらり、と三人の眼が光った。

ぱんっと手を打ち合わせるなり、俺に向かって指を突きつける。

「「「宿泊学習!!」」」

「……！」

それがあったか！

嬉《うれ》し恥ずかし、泊まりがけの学校行事。

男女仲良く班行動。これは何かが起こる予感だ。

「ちょうどいいじゃん、二年最後のお泊まりイベント！」

「家とか学校より絡めるな」

「よし！　そこで一気に三輪美苑とお前の仲を進展させる！」

律が、「さらなる細かなシチュ検索だ、まかせろ、斗和！」と、スマホを操り始める。

確かにいける気がしてきた。

「まずは班分けだな」

「だな、絶対、同じ班になんないと」

あとは、あとは、と盛り上がっていると、ふと、背後の席から誰かが立つ気配がした。

俺は振り返る。カラン、と扉の音を立てて店から出て行った男の背が、借金取りの兄貴分、荒木《あらき》に見えたのは気のせいだろうか。

疑問に思いつつも俺は律たちとさらに盛り上がって。

アパートに戻った俺は上機嫌だった。いつものように美苑と一緒の夕ご飯を食べて、食器を洗う。思わず鼻歌が飛び出しそうになる。

美苑がそんな俺の隣に並んだ。

「病み上がりなんだし休みなよ、古谷《ふるや》。御馳走《ごちそう》になってるんだから私が洗う」

「いーよ、俺も美苑のパンもらってるし」

結局一緒に皿を洗う。駄目だ、顔がにやける。

「……何よ」

「てゆーか、これ、同棲《どうせい》生活っぽくねえ?」

「バカじゃないの?」

ふん、と横を向いた美苑が、布巾を取り出そうと引き出しを開ける。そこには、今日のファミレス会議の帰りに買った、キャラ弁の型抜きがあった。可愛《かわい》い女子向けのやつだ。

「何、これ」

「ほら、宿泊学習、もうすぐだろ。うまい弁当つくってやるからな、楽しみにしてろよ！」

今の俺は美苑を笑顔にするためになら何だってしたい。

実は毎晩の二人の食事も、実家の差し入れだけじゃなく、俺の手作りにしようと、料理本だって買ってきた。まだ初心者向けのスープからだけど、少しずつ練習している。

ぐっと腕まくりして言ったのに、美苑は無言だ。なんでだろ。キャラ弁はさすがに恥ずかしすぎたかな。首をかしげつつ、美苑の顔をのぞき込む。

「なあなあ、同じ班になったら、何する？」

「……あのさ、古谷。そのことなんだけど」

そう切り出す美苑の顔は、暗くかげっていた。


「え!?　三輪、宿泊学習、参加しないの？」

「うん……」

翌日の学校で。

放課後、俺は律たちに、昨夜、美苑から聞いた衝撃の事実を話していた。

「はあ？　何でだよ」

「俺も理由聞いたんだけどさ、とにかく参加しないって言うだけで」

ああ、もうわけわかんね。楽しみにしてたのに。ていうか、考えたそばから計画崩壊《プラン》かよ。

クール女子の美苑はこういう行事に興味ないんだろうか。

喜んでる俺たちを、お子様だって笑ってるとか？

もやもやしながらアパートに帰りつくと、美苑の部屋の前に、あの借金取り二人組がいた。美苑の手からうばった茶封筒の中身を確かめている。

「ひーふーみー、と、……たりねえじゃねーか」

「しょうがねーな。母ちゃんに来月はちゃんと返せって言っとけよ」

ぺっ、と唾《つば》を吐いて、二人がこっちに来る。美苑は俺には気づかなかったようだ。逃げるように部屋に戻っていく。

ゆっくりと借金取りたちが外階段を下りてくる。

動かずにいると、兄貴分の荒木が俺の前に立ちふさがった。

「……なんですか？」

「ちょっと顔貸せや、兄ちゃん」

ごくりと息をのむ。逃げたい。けど、わざわざ名指ししてきたんだ。何か美苑に関係あるかもしれない。なら、逃げられない。俺は美苑を守るんだから。

荒木がヤスを先に帰らせて。

連れていかれたのはひと気のない広い公園だった。

低い植え込みの向こうで、噴水が盛大に水しぶきを上げている。

風に髪をなぶられながら、少し先を歩く荒木についていく。二人とも無言だ。顔貸せって言ったわりに何もしないいんだと意外に思っていると、突然、荒木が話しだした。

「俺はこの通りの商売を、もう長いことやってんだが」

と、独り言のように前置きして。

「……あの美苑って娘の母親とは、かれこれ六年のつきあいでな。ま、そんだけ長くつきあやぁ、知りたくもない家庭の事情ってやつも耳に入っちまうんだよ。商売人、失格だがな」

「……」

相槌《あいづち》を求められていないのはわかったので、俺は黙って話を聞く。前から知りたかった美苑の事情だ。だけど何でこの男はそれを俺に話すんだろう。

「アイツの母親はあちこちでカネ借りて、もうまともなとこじゃ相手にされなくなっちまってな。それでしかたなくうちに来たってわけだ」

「あの……、なんで美苑のお母さん、借金なんか……」

「旦那《だんな》がよ、ぽっくりいっちまったのよ。脳梗塞《のうこうそく》で」

……！　美苑が言ってた、〈病気〉ってこのことか。

確か急に倒れちまうんだったか？　脳の血流が滞《とどこお》ったりして。

美苑はどう思ったんだろう。

今朝まで微笑《ほほえ》んでいた父親が、急に倒れて、動かなくなっちまって。……まだ、たった九歳だったたってのに。

「まさかあの若さでそんなことになるなんざ、誰も思わねえよな。保険とかもかけてなかったらしくてな。しかもあの母親、そこらから急に金遣い荒くなっててよ。たぶん、旦那がいなくなった寂しさ紛《まぎ》らわせようとしたんだろうな」

入院費用のこともあってもともと貯金も底をついていたのだそうだ。いろいろなところから請求書が届いて、やっと悲しみのどん底から現実を見られるようになった美苑の母親は、これじゃいけないと働きだしたらしい。

「だけどな、いかんせん、それまでに借りた額が額でな。母親が働くだけじゃ利息返すだけでせいいっぱいでよ。娘は学校の旅行やらなんやら全部我慢して、遅くまでパン工場のバイトまでしてるってことさ」

だからか。アイツが夜遅くまでバイトしてるのは。いつも母親が家にいないのは。

「なあ、兄ちゃん、どうするよ?」

「え?」

「高校生のガキじゃ何もできねえか?　あの姉ちゃんと同じ歳《とし》でもよ」

はっとした。

この男が俺に他家の事情を話した理由、そして求めているもの。それがわかったからだ。

今、美苑が求めているのは、借金取りに押しかけられた時の臨時の逃げ場なんかじゃない。もっと確かなものだ。

「待ってください!」

立ち去ろうとした借金取りを呼び止める。そして、俺は動き出した。

＊＊＊＊＊

その夜のことだった。

美苑がバイトを終えて帰ってくると、いつもついている斗和の部屋の明かりが消えていた。首をかしげながら自分の部屋まで来ると、ドアノブに小さな手提げ袋がかかっていた。

中に入っていたのは、中身が詰まったタッパーが一つと、メモが一枚。

『出前！　うまいから食え！』

と、斗和の字で書かれている。何気なく裏返すと、

『これからしばらく寂しい思いさせちゃうけど、毎日スープつくってやるからな。ちゃんと温めてから食えよ』

とあった。思わず、くすりと笑みがでる。料理を始めたばかりの隣人の手作りスープ。手提げ袋を抱きしめると、もう冷めきっているはずなのに温かく感じる。

「何があったか知らないけど、寂しくなんかないし……」

別に毎日一緒に食べようと約束した間柄じゃない。だからこんなことしなくていいのに。前は気にならなかったのに、今は暗くて静かすぎる気がする自分の家に、ただいま、と言って入って、レンジでスープをあっためる。

明るい隣人の手作りスープは、とてもおいしかった。

だから『おいしかった』とだけメモに書いて、洗ったタッパーと一緒に、隣家のドアノブにひっかけた。こんなことはたぶん、今夜だけだと思ったから。

ところが。翌朝、寝ていた美苑は、隣家のドアが開く音で目が覚めた。かんかんと外階段を急いで下りていく音がする。

時計を見る。まだ朝の五時だ。登校時間には早すぎる。

「古谷……？」

何かが動き出している。

美苑は事情がわからないままながらも、そのことだけは理解した。

＊＊＊＊＊

あくびをかみ殺して、俺は、ぱんっと両頬《ほお》を叩いた。気合を入れる。

今日は平日だけど、朝から予定がつまっている。まずは学校に行くまでの時間に、牛乳やパンといった日配品の配達の手伝いだ。

そう、俺はバイトを始めた。

平日、学校へ行くまでの時間と、学校から帰ってから夜遅くまで。あとは休日に、短期間で稼げると聞いた引っ越し会社の運び手。

時間がないから複数掛け持ちだ。

飲料のつまったケースや、引っ越しの家具は重い。

肉体労働系は、今まで働いたことなんかない非力な俺には正直きつい仕事だ。だがこれも大事な目的のため。

「おい、高校生、落とすなよ。お前のバイト代、全部吹っ飛ぶからな」

「は、はい！」

ずりおちそうになった重いケースをあわてて抱えなおす。ふと見ると、通りの向こうに借金取りの荒木の姿が見えた。眼が合うと、声もかけずに去っていく。

「おい、新入り！」

先輩から声がかかって、俺はあわてて、はい、と返事した。仕事に集中する。

さっき、ちらりと見えた借金取りの強面《こわもて》顔が、妙に渋い大人顔に変換されて眼に映ったのは気のせいじゃないと思う。励まされた、と思った。

登校すると、いつも通りに律たちとはしゃぐ。けど、バイト三日目ともなるとさすがにきつい。ちょっと姿勢を変えるたびに、腰に痛みが走る。やっぱりここに来たか。

「……おはよう。あのさ、古谷」

様子がおかしいと気づいたのだろう。美苑が話しかけてくる。俺はピースを返して、大丈夫だから心配すんなと、続きの言葉を封じた。

だって、今はまだ美苑に話せない。何もやりとげていないし、何より、びっくりさせて喜ばせてやりたいじゃん？

だから俺は授業中、つっぷして寝ていても、休み時間ははしゃぎまくった。美苑に不審に思われないように。

その夜、帰ってくると、ドアノブに手提げ袋がかかっていた。美苑への差し入れのスープを入れていたタッパーだ。空になってきれいに洗ってある。そして一緒に入っているメモ。『おいしかった』の一文のあとに、ニコちゃんマークが描かれていた。

「ニコちゃんマークだあ！」

一日目の夜は『おいしかった』だけしか書かれていなかった。進歩してる。今日のスープは美苑が好きな肉を入れていたのがよかったのかもしれない。ふふっと笑いがもれて、ついでに疲れが吹き飛ぶ。

バイトを始めたけど、俺は絶対、美苑を寂しがらせない。

その最初の目的は忘れていない。

美苑がちゃんと温かい夕食を食べていることにほっとしながら部屋に入って、体中にシップを張る。目標金額までもう少し。

そして、いよいよ――――。

学校の西校舎の一階、美術室前廊下。

俺にとって、因縁浅からぬ場所に、今日は一人で立っていた。

手にはしっかり、宿泊学習の費用が満額入った茶封筒がある。

ずっとこのためにバイトしてきた。美苑を宿泊学習に連れていくために。なのに美苑に渡すのではなく、ここにいるのは、直接学校側に渡すつもりだからだ。

美苑に渡したって、意地っ張りな彼女は怒って突き返すだけだ。

だから学校側に直談判する。

担任の奥村《おくむら》や学校長のところへは行かずに、まず征木のところへ来たのは、「家族でもない者からの納金はちょっと……って、学校側が受け取ってくれなかったらどうすんだ」と、律たちに忠告されたからだ。

生徒思いの征木なら、きっと俺が代金をたて替えても騒ぎたてずに収めてくれると思ったから。

恋敵《こいがたき》を頼るようで悔しいが、この際、自分のプライドは二の次だ。それよりも美苑の笑顔を優先する。それが男ってもんだと思う。

征木は今、職員会議中だ。終わったらここへ来る。

早く費用を渡して許可をもらって。美苑に参加できると報告したくて、そわそわしながら待っていると、やっと征木がやってきた。思わず駆けよる。

「先生、ちょっと話があるんだけど」

「古谷？　珍しいな。だけど三分待ってくれるか？　先約があるんだ」

「あ、はい」

征木が、すまん、と言って美術室に入っていく。

せっかく勢い込んできたのに、しょっぱなから、ぽきっと何か折られた気分だ。本当に征木《こいつ》は人の勢いをそぐのがうまい。

しょうがないから廊下の窓から外を眺める。落ち着かなくて音楽室から響く吹奏楽部の演奏を聞いていたら、フルートがとちった。

一瞬、曲が途絶えた。

すると、その隙《すき》をつくように、美術室から征木の声が聞こえてきた。

「……ということでな。担任の奥村先生とも相談したんだけど。今度の宿泊学習で先生の手伝いをしてくれないか、三輪」

え？　美苑？　中にいるのか？

思わず扉に近づく。声が鮮明に聞こえてきた。

「先生のアシスタントっていえばいいかな。何しろ参加人数が多いからな。雑用が多くて先生たち手一杯なんだ。いろいろ手伝ってもらえると助かる」

「……先生？」

「三輪には仕事をしてもらうから、もちろん費用は必要ない。学校側が出す。どうだ、手伝ってくれるか？」

何だそれ。生徒にそんな手伝いをさせるなんて、聞いたことない。

どう考えてもこれは美苑を一緒に参加させてやるための言いわけだ。美苑もそれに気づいたのだろう。席を立とうとしたのか、がたっと椅子《いす》を下げて立ち上がる音がする。

「……お気遣いありがとうございます、でも大丈夫ですから」

「待て、三輪」

引き留める征木の声。

そして再び美苑を座らせたのだろうか。がたんと音がする。

「いいか、申し訳ないなんて考える必要はないんだ」

「でも、私、先生にはもういっぱいお世話になって……」

「馬鹿《ばか》。教師は生徒の世話をするのが仕事だぞ？　それできっちり給料をもらっているんだ。お前が気を使う必要なんてどこにもないぞ」

征木の声はどこから聞いても頼りがいのある大人の男の声だった。

「今回はその仕事をちょっと三輪に肩代わりしてもらって楽したいっていう、先生たちのずるっこだ。それにつきあわせるんだから、費用を出すのは当然だろう？　三輪はまだ高校生なんだから、先生の指示に従っとけ。大人みたいな遠慮はするな」

「先生……」

嬉《うれ》しさの滲《にじ》んだ声だった。はにかんで笑っているのがわかるような。

また征木が処理してくれた。大人な対応で、美苑の心の負担や学校側のことまで考えて。

自分の手の中にある茶封筒をぎゅっと握りしめる。

もしこれを使っていたら、そのことを美苑が知ったら、きっと重いと思うだろう。同情はいらないと傷つく。傲慢《ごうまん》な気づかいだ。

ああ、俺の出る幕はないんだ。

俺はそのままその場を立ち去った。

廊下に出てきた征木が、古谷、と呼んだ気がしたけど、それしか今の俺にできることがわからなかったから。

6 君と見る星空

「さあ、何でも食っていいぞー」

いつものファミレスで、俺はドヤ顔で、思い切り胸を張った。

「俺、バイト代入って金持ちなんだ。お前らには世話になったからな。特別におごってやる」

堂々たる誘いだ。

つっても相手は美苑《みその》じゃなくて、律《りつ》たちなんだけど。初給料でおごる相手が腐れ縁のこいつらって、ほんと、へたれな俺らしい。

「ほらほら、何食う？　ピザ？　パスタ？　それとももっとリッチにいくか？　お、とろとろ卵のオムライスだって。これ、家じゃつくれないんだよなあ。うまそ。俺、これにしよ」

「「「……」」」

思い切りはしゃいで見せてるのに、律たちは無言だ。居心地悪そうにこっちを見ている。

「なんだよ、早く決めろよ、遠慮すんな」

龍生《りゅうせい》の背中を叩きながら言ったら、惟智也《いちや》が泣きそうな顔で言った。

「……もういいよ、斗和《とわ》」

「ああ。もうわかったから」

「うん」

律も本当はもう泣いてんじゃないかってくらい顔を真っ赤にしてうなずいている。

「そっか、わかってるんだ……」

こいつら、やっぱ幼馴染《おさなじ》みだ。何も言わなくても、みんなわかってくれてる。

だったら。虚勢を張らなくていい。

「……よかったよ、美苑、宿泊学習に行けて。ホント、よかった!」

これは俺の本心だ。こいつらなら、俺が意地張って言ってる嘘《うそ》じゃないって、ちゃんとわかって受け止めてくれる。中途半端な同情や、傲慢《ごうまん》な気づかいなんかしないで、きっと。

そのまま黙っていると、律が、ぱんっと手を打ち鳴らした。

流れを変えるために。そして明るく言った。

「そういうことなら、宿泊学習、全員参加前祝いってことで遠慮なく。なあ、やっぱリッチ系よりガッツリ系のがよくない？」
惟智也と龍生が顔を見合わせる。
そして二人もにっこり笑って律の言葉にのってくれた。
「いいねいいね」
「よおし、皆で思い切りデブになろうぜ、な、斗和！」
惟智也が抱きついてくる。龍生も律もそんな俺たちを見て笑ってる。
皆の優しさが嬉《うれ》しかった。
それからみんなでたらふく食って、大騒ぎして。
アパートに戻ってくると、近くの路地に美苑が借金取りの荒木《あらき》といるのが見えた。
何しに来たんだ。今月の返済は終わってるのに。
（明日から宿泊学習だってのに、なんだってこんなところに……！）
まさか美苑に何かいちゃもんでもつけてんのか？
あわてて駆けよると、荒木がこちらに気づいた。
こんな時間に俺が外から戻ってくると思わなかったのか、荒木はちょっと驚いたように
眉を上げて、美苑に、じゃあな、と言って去っていく。
俺は急いで美苑に問いかけた。

「美苑、何かあったのか、また無理な取り立てしてきたとか？」

「何でもない。……ごめん、古谷《ふるや》。今日はちょっと一人にして」

混乱した顔で、美苑が踵《きびす》を返した。アパートの外階段を駆け上っていく。

こんな美苑、初めてだ。

いったい何があったんだ。

荒木は俺に三輪《みわ》家の事情を話して、宿泊学習の費用をつくることを暗に勧めてくれた。借金を取り立てるのは荒木の仕事だからしょうがない。だけど美苑のこと、気遣ってくれているように見えた。見た目は怖くても、根は悪い男ではないと思う。だから妙なことは言ってないと思うのだけど。

（さっきの美苑の顔、なんなんだ）

気になる。

美苑を追おうとして、俺はふと、また征木《まさき》の顔を思い浮かべてしまった。

ぴくりと体が強張《こわば》って、足が動かなくなる。ポケットにある、馬鹿《ばか》やってバイト代を使ったファミレスのレシートが、カサコソと音をたてた。

（……ああ、もう！）

なんでこう俺はいつまでもガキなんだ。

美苑は前より距離を縮めてきてくれた。おいしかったってメモにニコちゃんマークとか書いてくれるようになってる。

なのに俺のほうが距離をつくってしまった。美苑に近づきたくても近づけない、眼に見えない距離ができた。征木の顔が、あの大人な態度が眼の前をちらついて離れなくなってる。

美苑を俺に振り向かせるとか、それどころの話じゃない。

（……こんなことで、明日からの宿泊学習はどうなるんだろう？）

その夜、俺は美苑を飯に誘えなかった。

美苑は今、何を考えているんだろう。明日から一つ屋根の下になる征木のことだろうか。

今、隣の部屋にいるのは征木じゃなく俺なのに、心の距離が果てしなく遠い。

きゅっと胸が痛くなった。

俺は窓の外を見上げた。星が見えた。

綺麗《きれい》だ。真っ暗な空の中でキラキラ輝く宝石たち。月と同じで、星は手が届かないからよけいに綺麗に見えるのかもしれない。

そして。いろいろな思いを抱えたまま宿泊学習が始まる――――。

青い空、白い雲。

緑の大地、鳥の声。

人里離れた自然に、歓声がはじける。そして香ばしい肉の焼ける匂いも漂ってくる。

ここは宿泊学習の会場であるキャンプ場。

今、俺たちは炭で火を熾《おこ》してＢＢＱ《バーベキュー》をしている真っ最中だ。火が熾らない、煙たいと騒ぐ生徒たちの間を、美苑が歩き回っている。征木、奥村《おくむら》といった教師たちと一緒になって、生徒たちに部屋割りが書かれた紙を配っているんだ。

「部屋割りです」

生徒の美苑が教師側にいることに、事情を知らない生徒たちが怪訝《けげん》な顔をしている。が、委員長とかなんとか係とかと同じで、今回はそういう係を美苑がやっているのだと、勝手に納得したらしい。特に違和感なく受け入れている。

そのことに俺はほっとした。

だってせっかく参加した宿泊学習で、他の生徒に家の事情とか知られて気まずくなったら、美苑がつらいだろ？

征木はなるべく美苑を皆と一緒にいられるようにするつもりみたいだ。

他の教師も誘って、積極的に生徒の中に入ってきている。ＢＢＱも一緒に食べるらしい。

「ほら、ふざけてるとやけどするぞー」

「えー、先生、私たち斗和くんと同じ部屋じゃないのー？」

「当たり前だろう。俺の眼の黒いうちは男女同室は許さん！」

生徒たちにまじって軽口をたたく征木の隣で、美苑は楽しそうだった。そういえば美苑にとってこれは初めての宿泊学校行事になるんだ。すべてが珍しいのか、きょろきょろしている。可愛《かわい》い。そして、それを隣にいる征木が微笑《ほほえ》ましく見つめている。

なんていうか、すごく似合いの二人だった。

いつも明るくて生徒との距離が近い征木と、高校生にしては大人っぽい美苑。

それが今日はちょっと逆転して、初めての連続に目を丸くして、子どもっぽいおっちょこちょいな失敗をする美苑と、それを受け止めてきっちりフォローする征木ってポジションになってる。

「まずいな。いつもと違った顔を見せて意外性とギャップで攻める。その典型だろ、これ」

律が顔を青ざめさせてつぶやいた。

生徒に頼まれて代わりに火を熾《おこ》すことになった征木が袖《そで》をまくり上げる。ひょろっとした美術教師のくせに逞《たくま》しい腕が現れて、女子が歓声をあげている。

もちろん美苑は完全に心酔しきった眼をしていた。それでいてかいがいしく征木に新聞紙や着火剤を手渡している。

お互い絵を描くっていう共通の好きなことがあるからか、二人の立ち姿は、まるで一枚の名画のモデルみたいにしっくり決まっていた。

まるで、俺の父さんと母さんのように。寄り添いあっているのが自然って感じで。

美苑の顔は安心しきっていた。

いつも気を張って隙《すき》なんか見せないと意地を張ってる猫みたいだったのに。

俺は、もう征木の隙をついて美苑と話そう、なんて小さなことを考えられなくなった。

でも、それでも。

(駄目だ、やっぱ俺、美苑のこと、好きだ……)

眼が、美苑を追ってしまう。

胸の奥でとくんとくんと鼓動が脈打つ。鈍い痛みとともに、好きだ、好きだと叫んでいる。

美苑が好きだ。好きだ、好きだ。

ずっと笑顔を見ていたい。それがたとえ他の男に向けられたものでも、それでも、俺は。

ぼんやり美苑を見ていた俺は、肉をひっくり返すのを忘れていた。異臭が漂う。

「おい、斗和、焦《こ》げてる焦げてるっ」

「あ……！」

まずい。うちの班の肉が全滅だ。うまく焼いて肉好きの美苑に分けてやろうと思ってたのに。

恨めしげに再生不可能の肉を見ていると、周りの女子が集まってきた。

「やだあ、斗和くん、肉、焦げちゃったの？」

「私の焼いたのあげるよ」

「私もー」

「あ……」

いつもみたいに女子に囲まれたけど、俺は相手できるだけの心の余裕がなかった。だって俺は美苑のために肉を焼いていて。だから他の女子にもらってもしょうがないわけで。それに女子たちが壁になって美苑が見えなくなってしまう。征木と一緒に行ってしまう。

焦っていると、律たちが割って入ってフォローしてくれた。

「サンキュー！　あ、うめ、これ」

「ちょっとお、勝手に食べないでよ」

「あなたたちにあげたわけじゃないんだけど！」

「ごめんごめん」

ＢＢＱが終わると、その場で車座になって、腹ごなしも兼ねての親睦《しんぼく》会だ。

司会が余興に〈王様ゲーム〉をやりだした。

「汐《しお》美《み》高・宿泊学習恒例、王様ゲーム！」

「王様、だ〜れだ？」

皆、のりのりだ。征木たち教師や美苑も加わっている。皆、配られた番号票がわりの割りばしを見ながら、どきどきして王様の言葉を待つ。

「一番手、俺だ、王様。えーっと、五番と十八番が三回まわってワンと言う！」

「「え〜」」

五番と十八番の生徒が立ち上がって、三回まわる。笑い声が弾けた。

「次はねえ、尻文字！」

別の王様の命令で、担任の奥村までもが加わって、男三人が尻文字を書く。征木も爆笑していた。もちろん美苑も。楽しそうで俺はほっとする。

次はなんと惟智也が王様だ。

「やっぱ王様ゲームっていったら、これっしょ！　七番と十五番、キス！」

おおおーっと一同盛り上がって、「キス！」と繰り返す。

「七番と十五番！」

「誰？」

「あ、七番、俺だ」

征木が配られた番号を見ながら、立ち上がった。

この場面での教師の参戦に、皆がさらに盛り上がる。

「では注目の十五番は？」

美苑の隣に座っていた女子が、美苑の手をもって挙手させた。

「はい、美苑です！」

「うおおおおお」

一同から雄《お》たけびが上がった。俺は眼を見開いた。声が出ない。

なんで。よりによって。

どくんどくんと心臓が早鐘《はやがね》を打ち始める。

どうする、どうするんだ？　征木は、美苑は？

征木が「お前らなあ」と余裕の態度で苦笑している。美苑はというと、あきらかにとまどい顔だ。けど、いつもみたいに怒ったり冷たい眼はしていない。どっちかっていうと恥じらっているような。両頬《ほお》を押さえて赤くなってる。

（さっき、二人、いい雰囲気だったけど……）

まさか距離が縮まっちまったのか？　二人に教師と生徒の境を越えさせるほど？

惟智也や律たちは茫然《ぼうぜん》としているけど、他の何も知らない生徒たちは、手拍子しながらはやしはじめる。教師たちまでただの余興だと笑って同僚の窮地《きゅうち》をおもしろがっているし、声に出して抵抗しているのは征木だけだ。

「キス、キス、キス……！」

「やめやめ、おい、お前ら悪乗りしすぎ」

「キス、キス、キス、キス、キス……!!」

「もうわかったよ！」

征木が降参、というように両手を上げた。

まさか、まさか。俺の胸がぎゅっとよじれる。征木が笑顔で美苑のほうを振り返った。

「三輪！」

美苑に呼びかける。

ああっ、見たくねえっ。

俺が眼をそらしかけたのと、征木が両手を自分の口につけて、美苑に派手な投げキッスするのは同時だった。

「はい！　キッス！」

どっと起こった笑い声とブーイングに、征木がやったことを知った俺は顔を上げる。

美苑が、真っ赤になっていた。

でも、征木に綺麗にかわされたことに傷ついたわけじゃない。

征木や他のやつらとも気まずくならず、思いがけず旅の思い出ができたって感じに、瞳をきらきらさせてそのまま座りなおしている。

不満そうに、え～！　と言っている生徒もいるが、征木は、

「え～、じゃないだろ！」

と、大人の態度でかわしている。おどけた征木の態度に皆も爆笑して、明らかに挙動不審な美苑から皆の眼がそれる。

また、差を見せつけられた。

やばい。どんどん差が開いていく。俺は思わずジャージの胸元を握りしめた。そんな俺を律たちが黙って見つめていた。

そして。

ＢＢＱや王様ゲームの余興などなど、一通り、今日の日中行事が終わって、つかの間の自由時間になる。律たちが俺をひと気のない池の傍《そば》に呼び出した。

「で、結局どーすんだよ、斗和」

「……何が？」

「三輪のことに決まってんだろ。このまま大人の余裕ぶっこいてる征木にやられっぱなしでいいのかよ」

「……」

律たちの眼は、もともと美苑と関係を進めるために来たんだろ、と言っていた。

「斗和、俺らはガキだ。だから我慢とかできない」

「欲しいものは絶対欲しーだろ？」

「だから負けるな。それがガキの特権なんだから」

「斗和、思い出せ！　いろいろ邪魔は入ったけどさ、もともとのお前の目的って何だったんだよ！」

……確かにそうだ。もともと俺の目的はこのイベントを利用して、美苑を振り向かせることで。

（だけどあんな二人を見せつけられたら、俺はもう……）

考えれば考えるほど落ち込んで、どんよりしていると、いきなり背中を叩かれた。

「よし、星空告白だ！　この後の班ごとイベントで決めてこい！」

惟智也が握りこぶしを作って仁王立ちになっていた。「俺にさっきの王様ゲームの仕切り直しをさせてくれ！」と、燃えている。

律と龍生が、そんなんで劣勢ひっくり返せるのかと、首をかしげる。

「星空告白ぅ？　告白なら今までだってしてしてんじゃん」

「全滅だったけどな」

「今までのは勢いでテキトーにコクっただけだろ？」

惟智也の冷静な状況分析に、俺は否定できない。

「お前ら、考えてもみろよ。夜、いつもと違う知らない場所、満天の星の下、二人っきりのいい雰囲気で『好きだ』って言われて揺るがない女子がいるか？」

「「いや、いるまい！」」

惟智也の芝居がかった言葉に、律と龍生がハモって応《こた》える。

三人が懸命に俺の気分を盛り上げようとしているのがわかった。

「おまけに流れ星とかながれちゃったりして」

「オォ！　女子の大好物じゃん！」

「二人で願いごとしたりな！」

「おお、いいじゃんいいじゃん、勝負は天体観測、すっげえ告白食らわせてこい！」

けど。

「……美苑は教師の補助という立場でここにいるんだぜ？　ＢＢＱの時の見てただろ？　天体観測に参加できるかどうか」

「あ……そういやそうだったな」

「いいじゃん、そん時は手、引っ張って二人で逃亡しろよ」

「映画みたいだな。いいじゃん、それ。女ってそういうの大好きじゃん！」

律と龍生もぐっと握り拳《こぶし》をつくる。

「俺らが全力でサポートしてやっから」

「そうそう、他のコトはいいから、お前は三輪のことだけ考えろ」

勇気が湧いてくる。

「わかった！　これ以上ないってくらいの最高の告白、ぶちかましてくる！」

「よっしゃあ！　それでこそ斗和だ！」

「難攻不落の三輪にあたってあたってあたり続けた俺たちＤＤＤの希望の星だ！」

激励を受けて、俺は立ち上がった。

そうだった。俺はヘタレを卒業するって決めたんだった。なのに絶好の機会を前にうずくまっていてどうする。

こいつらの友情に応えるためにも、俺は今夜、美苑に今のキモチをちゃんと伝える！


「皆集まってるかあ」

担任の奥村が点呼を取る。

いよいよ日も暮れて、天体観測の時間になった。

「よおし、それじゃ各班、展望台の丘まで登って、観測した星座を記録してから一時間で戻ってこい」

「地図と懐中電灯は持ってるなー」

「征木先生ー、持っていっていいおやつはいくらまでですかー」

「そうだなー、三百円以内かな。チョコは溶けるからやめとけよー」

「はーい」

皆、軽口をたたいて笑いながら出発していく。

そんな中、俺は緊張して立っていた。律がぽんと肩をたたいてきた。

「健闘を祈る！」

「「頑張れよ、斗和！」」

うなずくと、俺は美苑に向かっていった。

いきなり手を取ると、美苑が怪訝そうに振り返った。

「古谷？」

「行くぞ、美苑」

「え!?」

美苑がどうしようというように、征木の顔を見た。

「行っていいぞ、三輪。皆が戻るまで一時間、俺たち教師は暇だから」

優しく征木が微笑んで、美苑が恥ずかしげにうなずく。

俺はその一瞬で全身が熱くなった。

ああ、やっぱいい先生だ、征木は。何もかもわかってるって顔で、俺たちを包み込んでくれる。

なんか美苑の家に飾ってあった親父さんの写真を思い出した。今の征木と同じように笑ってこっちを見ていた。大人の笑みで。美苑を励ますように。

きっと独りぼっちの家で、美苑は毎日、あの写真を見て育ったんだなと思った。

帰ってこない母親を待って。

寂しくて、寂しくて。ずっとあの写真を見つめて。

そして征木に出会った。写真の中にしかいない親父さんと同じ、包み込む優しい笑みをもった大人の男に。惹《ひ》かれないほうがおかしいんだ。だけど。

「先生……」

ゴメン、征木先生。アンタにこんなこと言うの間違ってるし、意味がねえのもわかってる。けど、でも、自分のために言わせてくれ。

「俺、ガキだけどさ。ガキだから我慢とかできない。欲しいものは絶対欲しーんで」

律たちから聞いた励ましを口にする。

「だから、負けないっスよ」

征木が、「?」というように首をかしげる。

わからなくてもいい。これは俺の男としてのケジメだ。アンタに対して卑怯《ひきょう》なことなんかしたくない。

ぺこっと一礼すると、俺は美苑の手をつかんで駆けだした。

「ち、ちょっと、古谷?」

しばらく走って、美苑の荒くなった息遣いに気づいて、ようやく速度をゆるめる。

「ゴメン、こっからは普通に行くから」

強引につかんでいた手を放して、二人で懐中電灯をかざして歩き出す。

木々の茂った細い一本道だ。

ここからじゃ木の枝が邪魔して星は見えない。

後発は律たちが足止めしてくれているのか。ゆっくり進んでいると、いつの間にか辺りに誰もいなくなっていた。静かな夜の闇《やみ》だけが二人を包んでいる。

緊張する。だけどそんなこと美苑に気取られるわけにはいかない。

俺はさっきの征木より頼もしく、頼もしく、と自分に言い聞かせる。どんどん先を急ぎながら、ごくごく自然な会話に見えるように美苑に話しかける。

「ふ、二人ぼっちだな」

「そうだね」

「なあ、寒くないか」

「大丈夫」

「……そうだ、コーヒー飲む？　俺、自販機で買ってきた」

「いい」

「そっか……」

駄目だ、緊張しすぎて正気が持たねえ。

だけどアイツらが協力してくれてる。ヘタレてる場合じゃねえぞ、俺！

ちゃんと思ってることを全部伝える。最高の告白を、今、ここで、俺は……！

「あのさ、美苑。俺、」

思い切って切り出した俺の告白は、全くこちらを意識していない美苑の呼びかけに、すかっとかわされた。

「ねえ、古谷」

ちょっと茫然として美苑を見ると、彼女はいつものクール顔にマジな表情を浮かべてこっちを見ていた。

「私たち、迷ったんじゃない？」

「へ？」

言われてみれば。展望台へ続く遊歩道だというのに、辺りに街灯が一つもない。

「ここ、どこ？」

あわてて辺りを見回す。おかしい。コースの最初のほうは等間隔にちゃんと街灯がついていたはずだ。道も舗装された可愛い小道だったし。

なのにいつの間に道から外れていたのか。

邪魔な後続が来なかったのは律たちが工作してくれていたのもあっただろうけど、正規ルートを外れていたからってこともあったらしい。

「お、お、落ち着け、美苑、こーいう時はだ、今来た道を引き返せばいいんだよ！」

俺はてんぱりそうになる自分を必死になだめて、美苑の手を引っ張る。

「ちょっと待って、そっちじゃないよ、古谷。落ち着いて」

「わ、わかってるよ、でもそんなにルートからそれてないはずだから、ショートカットできるわき道を……」

俺はあわてて道を探す。何とかこの失態を取り返さなきゃ。

俺の必死さが伝わったのか、美苑は黙ってついてきてくれる。俺はそんな美苑の期待に応えようと、前に立って茂みの枝をかき分けた。

「ほら、ここを抜ければ元の道に……！」

だが、そこには人っ子一人いない草原が広がっていた。

ぴゅーと空《むな》しい風だけが吹き抜けていく。当然、道もない。本格的に迷った。

「……」

「……」

……カッコ悪すぎる。キャンプ場で迷うなんてありえないだろ？

このままでは告白どころじゃない。二人で歩き回って、やがて歩き疲れて。ちょっと休むことにした。二人で近くにあった倒木の上に座る。

ああ、やっちまった。せっかく美苑、宿泊学習を楽しんでたのに、今日という日の最後の最後に雰囲気をぶち壊した。せっかくの思い出を台無しにした。

「……ごめん、美苑。ほんと、ダメだ、俺」

「ううん、ダメじゃないよ。ほら」

言われて顔を上げる。

頭上に満天の星が広がっていた。

すごい。

真っ暗な闇の中に、ビーズやクリスマスのイルミネーションを思いっきりまき散らしたみたいだ。あまりの美しさに息をのむ。

美苑が一緒に見上げながら、ね？　と言った。

「星空、キレイだし」

私、今、楽しいよ？　美苑のその言葉に、うん、とうなずくことしかできない。

「私、今だけじゃなく、今日はずっと楽しかった。みんなでワイワイしゃべって大騒ぎして、ご飯食べて。こんなこと、私、初めてだったから」

一生懸命に話す美苑に、眼を見張る。

「すごく楽しい。だからダメなんかじゃない。古谷と一緒にここに来れてよかったよ」

……なんか、感動した。

美苑に眼で誘われて、もう一度、一緒に星空を見上げる。

ああ、本当に綺麗だ。

美苑が見せてくれた違う視界に眼が覚めた気分だ。

俺一人じゃ、暗い地面しか見れなかった。早く道を探さなきゃって焦ってばかりで空を見上げることなんてできなかった。

そしてスコンと何かつきものが落ちた気がした。

（あ、俺、また征木を意識しまくってたんだ……）

美苑に想《おも》いを告げる。そればっか考えて、先走って。美苑の都合とか全然考えてなかった。

こうして連れ出して美苑がどう思うかなんて全然考えなかった。

もしかしたら美苑はこの時間を他の女子や征木と過ごしたかったのかもしれない。せっかくの宿泊学習をもっと笑って楽しみたかったのかもしれないのに。

「ねえ、古谷」

「え？」

「聞いたよ。バイトしてくれたんでしょ、私を宿泊学習に参加させようとして」

美苑がぽつりぽつりと話してくれた。

宿泊学習に出かける前日、荒木が来たんだそうだ。

隣の兄ちゃんには内緒だぞと断ってから、荒木は、『お前、いい彼氏もったな』と言ったのだとか。それから、『宿泊学習、参加できるようになったんだろ？　アイツ見かけによらず骨があるな』と言って去ろうとしたところで、俺が乱入したらしい。

（な、じ、じゃあ、もしかして美苑に俺がしたことばれてたってこと……!?）

かああっと顔が赤くなったのがわかった。

なのに結局、美苑がここに来れたのは征木のおかげで。やばい、めっちゃカッコ悪い。

美苑が空を見上げたまま、淡々と語る。「知っちゃったから、何か言わなきゃって思ってたから、今日、こうして連れ出してくれてよかった」と。

「古谷、最近、家にいなかったでしょ。何でもない動きでも痛そうに顔をしかめてたし。やっとその理由がわかった。何も言ってくれなかったから、古谷は」

「……」

「頼んでもないのにそこまでするなんて、ほんとバカ」

「……だよな」

「でも……嬉しかった」

え？

「ありがとう、古谷」

美苑が笑った。こっちを向いて小首をかしげて、優しく、眼を細めて。

どきりと俺の胸が跳ねる。

また美苑を好きになってしまったのがわかった。

ああ、そうだった。美苑はこういう奴だった。俺が先走って情けないとこ見せても、いつもこうしてフォローしてくれる。しかも、

（初めてじゃないか、こんな素直な美苑って）

初めて会った頃はあんなに冷たい眼を向けられてたのに、今はこうして自然に二人並んで座ってる。

やばい、鼻の奥がつんとしてきた。あわてて顔を上げる。星空を見る。

圧倒的な星降る夜だった。本当に綺麗だ。

そして自分がちっぽけに感じた。自分だけじゃない。人ってどうしてこんなに小さいんだろう。

でも同時に思った。本当に小さいけど。それでも少しずつ先に進めるんだって。

だって前までの俺は美苑のこと全然わかってなくて。今だって全部はわかんなくて。け

ど、〈好き〉って気持ちは前よりわかるようになってるから。隣に、美苑がいてくれるから。

「ねえ、流れ星とか見れないかなあ」

願い事したいのに、と美苑が可愛いことを言う。

その願いをかなえてはやれないけど、俺は自分に誓う。

「あのさあ、美苑」

「何?」

「前に言った告白、全部取り消す」

「……え?」

「中途半端な言葉じゃ意味ないってわかったから」

そう言うと美苑が眼を見開いてこっちを見た。

それから夜空へと視線を移して、小さく、「……うん」と言ってくれた。

どれくらいそうしていただろう。眼下に列になって近づいてくる灯《あか》りが見えた。

「あ、皆の懐中電灯だ」

ちらほらと増えていく、小さな地上の星。だけど闇夜の中ではとても力強かった。

「行こう」

俺は美苑に声をかけた。二人だけの時間を長引かせよう、なんてもう思わなかった。焦らなくていいってわかったから。

だから、待ってて、美苑。いつかこの気持ちがちゃんと言葉にできたら、伝えるから。

(今は、これでいいや)

まだ大人になりきれていない俺にはこれで十分。

告白はできなかったけど、俺は満足だった。協力してくれた律たちにも感謝とともにこの結果を伝えられると思う。

俺は美苑に手を差し出す。

美苑はその手をしっかりと握り返してくれた。組み合わされた指。しっかり絡み合った手。それが俺には確かな未来への約束のように感じられた。

俺たちはその時、待ち受ける別離のことなんて、何も知らなかったから——。

7 さよなら。そして……

その日、美苑《みその》は朝から様子が変だった。

部屋を出るなり外階段でこけて転がり落ちそうになるし、溝に足を突っ込みそうになるし。学校についても、気がつくと、ぽうっと窓の外を眺めている。何かあったんだろうか。話しかけるきっかけがつかめず、もだもだしている間に朝のHRがはじまってしまった。

担任の奥村《おくむら》が、出席とるぞー、と入ってきて、ついでにテストの答案用紙を返していく。

「ほら、吉田《よしだ》、ぎりぎりだぞ。渡部《わたべ》、お前もだよ！　お前らもう三年になるんだからな。あと一週間で春休みだけど、気、緩めずに頑張れよ」

全員に答案を返したあと、そこで改めて教壇に手をついた奥村が口を開いた。

「それからみんなに一つ残念なお知らせがある」

皆、何だろうと、奥村に注目する。まさか留年者が出たとかじゃないだろうな。俺も律《りつ》たちと目くばせしながら奥村の次の言葉を待つ。

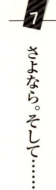

「実はだな。このクラスの副担任を務めてくださっていた、美術の征木《まさき》先生が、今学期いっぱいでこの学校を辞められることになった」

は？　今、何つった？

一瞬、言われたことがわからなかった。それからざわめくクラスメイトたちのささやきに、少しずつその衝撃が実感となってきた。

思わず美苑を見る。

美苑は茫然《ぼうぜん》としていた。何か言いたくても、出る言葉もないのだろう。クラスメイトの一人が、なんで？　と尋《たず》ねているのを黙って聞いている。

「ご家庭の都合だ。お父さんのお身体《からだ》の具合が良くなくてな。地元の北海道に戻られることになったんだよ」

担任の奥村の声が俺の頭の中で幾重《いくえ》にも反響する。それを圧して征木の顔が大きく浮かんでくる。宿泊学習の時に見た、あの大人の笑顔が。そしてあの時の幸せそうな美苑の顔が。

何で……？

何でアンタは最後まで、美苑のことふりまわすんだよ！　しかもよりにもよって、なんだよその理由は。それじゃ親父さんを病気で亡くした美苑は、行かないでって、わがまま言ってアンタを引き留めることもできないじゃないか。納得して大人な対応をするしかないじゃないか。

どうしよう。

どんな言葉を選んでも美苑を元気にできる気がしない。

それから、いつも通りに授業が始まって。それらが終わった放課後、掃除の時間。

美苑は心ここにあらずな感じだった。ゴミ箱を運んでいる生徒にぶつかって、全身にゴミを浴びている。

「美苑、大丈夫か!?」

「大丈夫……」

と言いつつ、ぼんやり床に座ったままだ。俺は周りのゴミを拾って美苑を立たせてやった。

帰宅時間になっても美苑の様子は変わらなかった。ぼーっとしている。

手を引っ張って校門から連れ出すと、バスが近づいてくるのが見えた。

「あ、バス来た。走るか?」

「……いい。私、今日、行くとこあるから」

美苑がバス停とは反対側の、商店街のあるほうへ歩いていく。駅や公園があるほうだ。が、さっそく店の看板にぶつかってこけそうになっている。見ていられない。

「ったく、何やってんだよ、アイツ！」

俺はあとを追って駆けだした。

美苑は商店街で花を買うと、公園へ向かった。そう、美苑の父親が最後に描いた、あの丘の公園だ。

美苑はベンチに座ってそのまま動かない。

そっと近づくと、美苑の独り言が聞こえた。

「お父さん、今日、八回目の命日だね」

綺麗《きれい》でしょ、と花束を空に掲げている。だからか。朝から様子がおかしかったのは。

なんてこった。

美苑はよりにもよって、親父さんを亡くした日に、また大切な人がいなくなることを知っちゃったんだ。

美苑が空に向かってぽつりとささやく。

「お父さん、先生がね、もうすぐいなくなっちゃうんだって」

俺はかける言葉が見つからない。

「大好きな人、皆いなくなっちゃう……」

ぼろぼろと美苑の眼から涙の粒が転がり落ちてくる。俺はその横顔を見つめることしかできなかった。美苑のこんな顔、見たくなかったのに。泣かせたくなかったのに。

(ごめんな、美苑)

俺はそっと謝る。美苑が欲しいのは俺の言葉じゃないから。

(ごめん)

こうなる前に、お前を俺に惚《ほ》れさせてやれなくて。

それからの美苑は涙を見せなかった。

征木が学校を去る日が一日、また一日と近づいてくる。

残り少ない征木の授業を淡々と受けて、美苑はいつも通りに放課後は征木に指導を受けて絵を描いていた。夕食は俺と一緒に食べるけど、メニューにいくら好物の肉を入れても食は進まなかった。

俺はもう我慢できなかった。終業式前の美術室の整理をかって出る。

生徒に返却するキャンバスをクラスごとに仕分けながら、征木に話しかけるタイミングを見計らう。すると、美苑がやってきた。

「失礼します」

「ああ。来たか」

私物の整理をしていた征木が身を起こす。

「ほい、これが三輪《みわ》の分。それから、これ。使い古しだけど、先生の絵筆。よかったら使ってくれないか」

美苑がもらった絵筆をぎゅっと握りしめている。

「ごめんな、最後まで見てやりたかったけど。でも三輪なら大丈夫だ。俺がいなくなっても今まで通り描いていれば絶対に沢美《さわび》受かるから。頑張れよ、三輪！」

「……はい」

美苑はそれ以上、何も言わない。それを見てたら、俺も何も言えなくなった。

なあ、美苑。ホントは先生に行かないでって言いたいんだろ。自分の気持ちわかってほしいんだろ。何でそんなに不器用なんだよ。

俺は見ていられなくなって美苑に近づいた。腕一杯に抱えている荷物に手を伸ばす。

「持ってってやるよ」

「……いい。今日は一人で帰りたいから」

そう言われたら、ただの隣人で他人の俺は何も言えない。そっか、と言って手を離す。

美苑は、失礼します、と言って出て行った。

その背を見送って、何もできない自分の無力さに打ちのめされそうになって。

俺は征木に心をぶつけていた。

「……先生、俺、アンタになりたい」

「古谷《ふるや》？」

「大人になったら、俺でもアンタみたいに好きな奴のために、いっぱいいろいろできるようになりますか!?」

もう、俺は半泣きだ。

俺の心からの訴えをどう聞いたのだろう。征木がふっと笑った。ちょっと寂しそうに。

「過大評価だよ。……大人は、何もできない。自分一人で決められるようになるだけで」

どういう意味だ？

とまどっていると、征木が手を伸ばした。俺の髪をくしゃくしゃっとなでる。

「俺はさ、お前たちのほうこそうらやましいよ。きっとなんだってできるんだって思える」

そう言った征木の顔は、俺が憧《あこが》れる〈大人〉そのものだった。

そして、終業式の日がやってきた。

俺はきっちり制服を着こんで、美苑の部屋のドアをノックした。

「……美苑、おはよう」

返事はない。

「美苑？　もう先に行ったのか？」

外に出る音は聞こえなかったのに。しばらく待つと、ドアがかちゃりと開いた。パジャマ姿の美苑が荒い息を吐きながら、そこにいた。

「み、美苑？　どうした!?」

「……ハア、今日、…行け…な、い……」

ふらりと倒れかかってくる。その細い体を抱きとめて俺は驚いた。

「……すごい熱！」

いそいで美苑を抱えて部屋に入る。女子の寝室に許可なく、なんて言っていられない。まだ温もりの残っている布団に美苑を寝かせる。

「病院は？」

「……薬、のんだ」

弱々しく首を振る様子を見ると、病院へ行くだけの元気もなかったのだろう。

（今日、征木の最後の日なのに……！）

だけどそれを言っちゃいけない。誰よりもそれを気にしているのは美苑だ。

美苑が今にも涙がこぼれそうな眼で、荒い息の間から懸命に言葉をつづる。

「わ、たし…、い、つもこうなの。…大事な人に……大事なこと、言えないの」

真っ赤な顔で苦しげな息の下から、それでも言葉を絞りだす。

「…お父さん、と……どうでもいいことで喧嘩《けんか》…し、ちゃって…謝ろうって思ったのに…、謝れ、ない、まま。間に合わなくて……お、父さん、死んじゃった……」

彼女の顔がくしゃっと歪む。

とうとう我慢しきれなくなったのだろう。腕で顔を隠して、美苑が言った。

「……遅れるから、行って」

「美苑……」

「征木、先生に……ありがとうございましたって、……、私の、代わりに……お願い」

「わかった」

俺は立ち上がった。

それが今の彼女のためにできる最善のことだと思ったから。

「きつくなったらスマホ鳴らせよ?」

美苑の枕元に彼女のスマホがあることを確かめて、俺は部屋を出た。安心しろ、美苑。お前の分までしっかり、征木に言ってやるから……！


終業式はいつものように全校生徒を体育館に集めて行われた。

征木は教員たちの列の中にいた。

壇上では校長が長々と話している。だが俺の耳には何も入らない。ただひたすら教師の列にいる征木を見ている。

「では、ここで学校を去られる征木先生にご挨拶《あいさつ》をお願いします」

校長に言われて、征木が壇上にあがる。

「皆、今日まで本当にありがとう」

いつものあの笑みを浮かべて、征木がこちらに語りかける。

「これからも自分の夢や目標に向かって、一歩一歩進んでいってほしい」

ああ、これは別れと励ましの言葉だ。

今俺たちがいるのは終業式。なのに卒業、という言葉が脳裏に浮かんだ。

生徒一人一人に向けた征木の最後のメッセージ。だけど今、ここにはこの言葉を誰よりも欲している美苑がいない。

今までの征木との日々、征木を見上げて微笑《ほほえ》む美苑の顔が脳裏に浮かんだ。

そして、一人で公園にたたずんでいた横顔も。

『お父さん、先生がね、もうすぐいなくなっちゃうんだって』

寂しげな、でもどこかあきらめをふくんだ瞳で、美苑は空を見上げていた。

『大好きな人、皆いなくなっちゃう……』

大きく見開いた眼からぽろぽろ涙がこぼれ落ちて。美苑は耐えきれないようにつぶやいていた。

『私、また、独りぼっちになるのかなぁ』

聞いているだけでこっちが泣きそうになるその声にかぶさるようにして、さっき見た、熱にうかされた美苑の顔が目蓋《まぶた》に浮かぶ。

『わ、たし…、い、つもこうなの。…大事な人に……大事なこと、言えないの』

眼にまだ涙は浮かんでいないけど、もう心は泣いている声だった。

『…お父さん、と……どうでもいいことで喧嘩…し、ちゃって…謝ろうって思ったのに…、謝れ、ない、まま。間に合わなくて……お、父さん、死んじゃった……』

俺は眼を閉じた。征木の話はまだ続いている。この声が消えた時、征木はいなくなる。

俺は眼を開けた。

美苑がいる、校門の外の方角を見る。

その時、律たちと眼があった。

『三輪のコト、助けたいんだろ、早く行け。あとは俺たちが何とかする』

彼らが手で合図する。校長の話を聞きながら、俺の様子を気にしてくれてた彼らが。

（あ……）

俺と美苑を最初からずっと見守ってくれていた、頼もしい幼馴染《おさななじ》みたち。三人とも、

「行け！」と拳《こぶし》を突き出す。

俺はしっかりとうなずいた。

そして、体育館を飛び出した。


いつも美苑と一緒に通った通学路を、思い切り走る。

後ろから響く教師の制止の声も、驚く皆のどよめきも気にせずに。ただただ前を見て走る。美苑のことだけを考える。

俺は無力だ。

美苑のことを一方的に好きになって、守ってやるなんて空回って。なのに本当に必要なことは、何一つしてやれなかった。美苑はあんなにいっぱい俺に教えてくれたのに。

好きってことが何なのか。

ただ一緒にいたいって気持ちがどんなものなのか。

向けられた笑顔があんなに嬉《うれ》しいことだとか、好きな人に何かをしたいって気持ちも、全部、全部、美苑が教えてくれた。

『きっとなんだってできるんだって思える』

征木の言葉が頭に浮かんだ。あの包み込むような大人の笑顔と一緒に。

ああ、そうだ。俺はアンタになりたかったよ。そんな大人の笑みを浮かべられる男に。そしてそんな男に認められるヤツに。だから、だから。


俺はまだ、美苑のために何かできるって信じたい！


アパートの外階段を駆け上る。鍵が壊れたままの美苑の部屋に駆けこむと、彼女は布団にくるまって、ぼんやりと天井を見ていた。

「行こう」

「……古谷？」

「征木のこと、好きなんだろ？　なら、ぶつかれ」

「なっ」

「このまま行かせていいのかよ。お前、あとで絶対に泣く。それは嫌だ！」

無言のままの美苑の眼がじわじわと潤む。ああ、やっぱりこいつ今、熱がある。だって
いつも九十九パーセントのツンのくせして、泣くの早すぎだ。そんなにすぐにデレるやつ
じゃなかっただろう、お前は。

だから、放っておけない。俺は美苑の手を握りしめて言う。

俺たちは子どもだ。いつかは卒業しなくちゃいけない。だから。

「今、お前がしんどいのはわかってる。でも大事な人に大事なことを言えないなんて駄目
だ。ちゃんと言おう」

「……」

「俺が連れていってやるから！」

「古谷……」

「ちゃんと征木に今のお前の気持ち伝えよう！　な？」

「……うん」

「よし！　とにかくあったかくしなきゃな。えっと、コート……、マフラーどこだ……」

　美苑をありったけのコートやマフラーでくるんで、俺は彼女に肩を貸すと、アパートの外階段をゆっくりと下りていく。

「寒くないか？」

「……うん」

　うなずく美苑の熱に浮かされた吐息を感じた時、俺の名を呼ぶ声がした。

「『斗和《とわ》！』」

　見ると、律と惟智也《いちや》、龍生《りゅうせい》が車椅子《いす》を押してこちらに手をふっていた。

「お前ら、なんで……」

「征木、学校出たんだ、飛行機の時間があるからって」

「はい、車椅子。龍生の親父の病院から借りてきた。いるだろ？」

「ほら、早く乗せろ、時間ないだろ」

「お前ら……」

　俺は、うん、とうなずくと美苑を乗せた。

「さ、早く行こうぜ、路線は調べてある！」

「間に合うかなあ」

「間に合って、いや、間に合わせろ！」

皆で駆けだした。まだ枯れ木の桜並木。川沿いの道を、車椅子を押しながら俺たちは駆ける。ただひたすらに。

居合わせた皆が目を丸くしている。だけど通りがかったおばあちゃんが一人、頑張ってね、と手をふってくれた。俺たちは、ありがとう、と手をふり返した。

やっと駅近くまでたどり着いた時のことだった。

車椅子が急に、がっ、と音を立ててストップする。美苑がシートから飛び出しそうになって、あわてて支える。

「大丈夫か、美苑!?」

「う、うん……」

律と惟智也がいそいで車椅子を調べる。

「あー、駄目だ、こりゃ」

「うん、車輪が取れちゃってる」

車椅子の前輪が外れていた。龍生が、「あー、親父に怒られる」と肩を落とす。

「一緒に怒られてやるよ」

惟智也が龍生をなぐさめる。だけどどちらにしろ、これ以上、車椅子には頼れない。

俺は美苑に背中を差し出した。

「背中にのれ」

え？　と美苑がためらう。それを強引に促《うなが》す。

「早く！」

遠慮してる暇なんかないだろう？　俺は美苑をおぶって走り出す。龍生には悪いが時間がない。親父さんの病院に行くのは後回しにさせてもらう。

律たちも壊れた車椅子を押して追いかけてくる。

駅に走りこんだところで、電車の運行を告げるアナウンスが聞こえてきた。

律がスマホを操る。

「十五時半の急行だ、乗れ！」

「わかった！」

再び駆けだす。バイトで一時鍛えたとはいえ、愛され男子で甘い育ちをしてきた俺にこんな体力勝負は向いてない。だけどここであきらめるわけにはいかない。

「あきらめるな、頑張れ！」

改札の向こうから、惟智也も励ましてくる。

「絶対、間に合うから！」

「頑張れ、もう少しだ！」

律と龍生も声をかけてくる。俺は、うん、とうなずいて、さらに速度をあげる。体は疲れて、脇腹も痛い。だけどこのままどこまでも美苑を背負って駆けていける気がした。

滑り込みで電車に飛び乗って、ようやく息をついた。空《あ》いている席を探して、美苑を座らせる。それから俺も美苑の隣に座って、熱っぽい彼女に肩を貸す。

「大丈夫だ、絶対、間に合うから」

「うん……」

ペットボトルの水を飲ませて、外を見ると、雪が降っていた。

「美苑、雪……」

「あ……」

まるで二人で過ごせなかったクリスマスをもう一度やり直すように。

征木との別れを彩るように。いや、俺たちが追いつくまで、征木を足止めしてくれようというのか。季節外れの雪が、窓の外で舞いだしていた。

電車を乗り継いで、空港行高速バス乗り場を目指す。

もう辺りはまっ暗だった。電車に乗っている間に降り始めた雪は、白く大地をおおっている。駅前広場の並木につけられたイルミネーションが、はかない蒼《あお》白い光を放っていた。

必死に辺りに眼をこらす。見つけた。スーツケースを引きながら歩く、征木の後ろ姿を。

「征木！」

「古谷、三輪……!?」

征木が驚いたように振り返る。俺は急いでおぶっていた美苑を降ろしてやった。

「いけるか」

尋ねると、美苑が、うん、とうなずいた。おぼつかない手つきで、マフラーをとろうとする。俺はあわててそれを手伝って、征木との最後の一時にふさわしい姿にしてやる。

美苑がそんな俺をじっと見つめてきた。

どうした？　俺なんか見てる暇はないだろ？　怪訝《けげん》に思う俺を、美苑が今までになく真剣な眼で見る。そして、言った。

「……ありがとう、古谷」

今、どうしてそんなことを言われるのかわからなくて。

「いいから、行け！」

俺は戸惑いつつも、美苑を送り出す。

美苑は俺の腕にすがって息を整えると、覚悟を決めたように征木を見据えた。

ふらついていた足を踏ん張って、進みだす。

俺はそのままその場にとどまって、美苑を見守った。

征木を見据える華奢《きやしや》な姿は決意に満ちていた。卒業。またそんな単語が俺の胸に浮かんだ。

美苑は雪のつもった地面を踏みしめて、まっすぐに征木と向かい合う。

「先生……」

「三輪、お前大丈夫なのか？　熱を出したって聞いたけど……」

「はい……。あの、先生にどうしても聞いてほしいことがあって」

「うん？　なんだ？」

「先生……。私、先生のこと、ずっと好きでした」

征木が眼を見開くのが見えた。

「その、好き、って気持ちのおかげで、私、今日までいっぱい、頑張ってこれました……」

俺の位置からは美苑の後ろ姿しか見えない。

だけど懸命に征木の言葉を待つ美苑の顔が見えるようで。これから大変なのは美苑なのに、俺のほうがおろおろして、苦しくて。

フライングで、俺は泣いていた。美苑の代わりに。

ぼやけた俺の視界の先で、美苑が必死に言葉を絞り出している。

「だから、どうしても言いたくて。本当に、ありがとうございました……！」

勢いよく、美苑が頭を下げる。そのまま小さくふるえているのは、涙をこらえているのだろうか。

「……ありがとう、三輪」

征木がゆっくりと美苑に歩み寄った。

「俺も、三輪が好きな道に進める手助けになれたのだとしたら嬉しいよ」

〈教師〉に許される限度いっぱいの距離で立ち止まって、ぽんぽんと美苑の頭をたたく。

その態度と距離に、征木の想《おも》いのすべてが込められている気がした。

「お前の教師になれてよかった、そう思う。俺のほうこそ、ありがとう……」

征木が身を離す。そして俺のほうを見て、頑張れよ、というように手を上げた。その顔には微笑みが浮かんでいた。大人の、大事な生徒を見る教師の笑みが。

そして征木が踵《きびす》を返す。エールを送るように、軽く手をふって。

「じゃあな」

征木がバスへと歩き出す。もう振り返らない。美苑はうつむいたままだ。

（あ……）

泣いている。美苑のその背を見て思った。

わかってたのに。

告白なんてさせたって、もっと美苑が苦しい思いをするだけなのに。

美苑のためだって、背中を押すフリして、俺は。

（俺が見てられなかっただけだ、美苑を）

俺はどーしようもないクズのままだ。他人にすがって、全部丸投げして。俺は結局、美苑の心を背負いきれずに逃げるんだ。

ダメだ、これじゃダメだ。俺は美苑を泣かせないって決めたんだ、征木からだって託されたんだ。だから、俺は、俺は……、

「泣くな、美苑！」

俺は駆け寄った。腕をのばして、美苑を背後から抱きしめる。

（俺じゃ何もできないけど、それでも……！）

好きだから。

必死に美苑を抱きしめて、ボロボロ泣く。

周りの皆が振り返る。すごくみっともない。だけどそんなことどうでもいい。美苑に俺の本気が伝わればいい。だって、それができたら、

(俺もお前にフラれて、一緒に泣くことができるだろ?)

一緒にいるって、美苑を独りぼっちにしないって、俺は決めた。だから泣く時は一緒だ。

一緒にフラれて、一緒に失恋して。

一緒に大泣きしよう、美苑。

それから二人で泣くだけ泣いて元気になろう。そのためなら俺はなんだってする。そう、美苑が望むなら、お前の気がまぎれるなら……、

「……俺がなってやる。お前の父ちゃんにも、兄ちゃんにも」

俺は泣きじゃくりながら、思いつく限りを口走る。

「弟だって犬だって。何にだってなってやる。だから……」

ちゃんと言葉になんなくても、それでも伝える。

「お前は一人じゃない。だって俺がずっと一緒だから!」

「古谷……」

美苑が涙でいっぱいの眼で俺をふりあおいだ。それから、涙を拭いた。

征木の去ったバス停に背を向ける。

俺に向けた顔。そこに浮かんでいたのはまぎれもなく、

笑顔、だった。


とても綺麗な、今まで見たことのない微笑み。なぜ？　どうして？　てっきり泣き顔があると思っていたのに、思ったより力強い笑みに、俺は戸惑う。

「……私、たぶん、先生のコト、お父さんと重ねてたんだと思う」

何かをふっきった、〈憧《あこが》れ〉を〈卒業〉した声で、美苑が言った。

「ありがとう。古谷が気づかせてくれた」

そう言って、美苑は俺の顔を見つめて、また笑った。恋する少女の幸せな顔で。

「降参」

「え？」

「……私も、古谷のこと、好きになった」

「えっ!?」

「好きだよ、古谷」

だって古谷なら私を一人にしたりしない、大好きになってもいなくなったりしないよね、と。にっこり笑う美苑がとてつもなく可愛《かわい》くて。向けられた笑みにたまらなく幸せな気分になって。こんな幸運が信じられなくて。

俺は思わず、

「ゥ、嘘《うそ》だ」

……否定していた。

「こんな都合のいいこと、嘘に決まってる」

「ホントだよ」

「ハイ、嘘！」

「ホントだってば」

美苑は辛抱強く言ってくれるけど、信じられない。だって今までが今までだ。また自分の都合のいい思い込みか妄想《もうそう》だ。空回りすんなと、自分に言い聞かせるように、俺は嘘だ嘘だと言い続ける。照れたように歩きだす美苑を追いかけながら否定する。

「絶〜対、嘘だ。あのツン九十九パーセントの美苑がそんなデレになるわけがない」

「もう、いいよ。古谷がそう言うなら嘘で。でも、さっき、何にでもなってくれるって言ったよね？」

立ち止まった美苑が、俺の顔をのぞき込んでくる。

いつもの、あきれたような顔で。いつも俺が情けないことをした時にフォローしてくれる、つんっとしてるけど優しい眼で。

「じゃあ、恋人っていうのもありなんじゃないの？」

「そ、それは……！」

「だって一緒にいてくれるんでしょ」

美苑がちょっと意地悪が入った、悪戯《いたずら》っ子みたいな顔になって挑むように笑いかけてきて。

俺は思わず胸を張って応《こた》えていた。

「お、おう、そういうことならまかせとけ！」

「じゃあ、まずは犬で。よろしくね」

そういう落ちかよ。だけどクールに、すいっとこっちに背を向ける美苑が可愛すぎて。

俺は彼女の腕をつかむと、その腰に手を当てる。くるりと体が反転して、俺が上になる。

美苑におおいかぶさるようにして、俺は顔を近づけた。

「いーぜ。お前の犬になってやるよ。ただし」

美苑の赤くなっている耳先にふっと息を吹きかけてやる。そして好きな子に好きって言ってもらえて自信を取り戻した、愛され男子の決め顔で言う。

「覚悟しろよ、犬はそのうち狼になるからな?」

俺は、大事な〈彼女〉の顎《あご》に手をかける。

そしてキスをした。

唇を離すと、真っ赤になった美苑が眼をそらす。

「……風邪、うつるからね」

「いいよ」

うつっても。美苑のなら。

微笑むと、美苑がとまどったように俺のブレザーの襟《えり》に手をかける。押しのけるように力をこめる。美苑のツンも復活だ。でも許す。可愛いから。それが美苑だから。

そして俺はもう一度、唇を合わせる。

今度は不意打ちじゃなく、美苑にもしっかり心構えをさせられるだけの時間をおいて。

その瞬間、周囲の蒼白いイルミネーションが、ひときわ明るく輝いた。

あの宿泊学習で見た満天の星のように。

眼を閉じた目蓋の裏に浮かぶ光が、流れ星みたいで。

あの時できなかった願い事を、俺はそっと美苑を抱きしめながら思い浮かべた。

俺たち二人に。そして、俺たちの背を押してくれた、大切な人たちすべての未来に、祝福がありますように――、と。

集英社オレンジ文庫をお買い上げいただき、ありがとうございます。
ご意見・ご感想をお待ちしております。

● あて先
〒101-8050　東京都千代田区一ツ橋2-5-10
集英社オレンジ文庫編集部 気付
藍川竜樹先生／椎葉ナナ先生

映画ノベライズ
覚悟はいいかそこの女子。

集英社
オレンジ文庫

2018年8月26日　第1刷発行

著　者　藍川竜樹
原　作　椎葉ナナ
発行者　北畠輝幸
発行所　株式会社集英社
〒101-8050東京都千代田区一ツ橋2-5-10
電話【編集部】03-3230-6352
【読者係】03-3230-6080
【販売部】03-3230-6393（書店専用）
印刷所　図書印刷株式会社

※定価はカバーに表示してあります

ISBN 978-4-08-680208-6 C0193